フェンリルに育てられた転生幼女は『創作魔法』で異世界を満喫したい！

Arai Ryoma
荒井竜馬

シキ
超強いフェンリル。
お父さんとしてアンを
育てていたが、
彼女と従魔契約を
結ぶことに。
アン
本作の主人公。
森の中でシキに育てられ
自分はフェンリルだと
思い込んでいたが、
実は幼女に生まれ変わった
転生者だと気付く。

Characters

登場人物紹介

エリーザ
エルランドの街を治める伯爵。魔物に襲われてから寝込んでしまっている。
エルド
アンを保護した心優しき冒険者。のほほんとしているが悲しい過去があるらしい？
アルベート
エリーザの執事。子供時代から仕えてきたエリーザを誰より気遣っている。

第一話　フェンリル少女、アン

フェンリルの私は、『死の森』と呼ばれる森の奥をお父さんと一緒に歩いていた。

死の森というのは、誰も好んで近づこうとはしない魔物の巣窟《そうくつ》だ。

森から発生している霧《きり》に誘われて迷い込んだら最後、帰還することは難しいと恐れられている。

そんな場所をお構いなしに歩けるのは、私たちが伝説の魔物であるフェンリルだからだろう。

他の魔物が束《たば》になっても敵わないから、フェンリルはドラゴンにも匹敵する強さだと言われている。

なので、私たち親子の魔力に気付いた魔物たちは一目散に逃げだす。

……だが、今回は少し違うようだ。

スキル【魔力感知】で魔物を発見したが、その魔物はなかなか逃げようとしない。

警戒心のない魔物なのか、私たちに勝てると思っているうぬぼれ者か。

どちらにせよ、死の森に自ら飛び込んでくる命知らずが、どんな魔物なのか見てみたい。

私は口角を上げると、隣にいるお父さんに目配せをした。

『お父さん、こっちに強い魔力の反応があるよ。狩ってきてもいい？』

『いや、やめておけ……少し厄介《やっかい》そうだ』

『厄介そう？』

不思議に思って尋ねると、お父さんは少し気まずそうに私から顔を逸《そ》らした。

私はお父さんの言葉に首を傾《かし》げる。

もしかして、お父さんは私が魔物に負けると思っているのだろうか？

お父さんでさえ強いと思っている魔物……なら私がこの魔物を倒すことができたら、お父さんは褒《ほ》めてくれるかな？

私は魔物を倒した後にお父さんに褒めてもらうことを想像して、口元を緩めた。

『お父さん。やっぱり、私が魔物を狩ってくるね！』

『いや、いったん退《ひ》くぞ。森の奥に――』

お父さんはそう言っているけど、その間に私は【魔力操作】のスキルを使って一時的に魔力を抑えた。これでお父さんにバレないようにこっそり移動できる。

そして慎重にかつ迅速に駆けだした。

よっし。スピードを上げて、この場から離れてしまおう。

そう考えて走りだすと、背後から地面を振動させるほどの大きな声がして鼓膜《こまく》を揺らした。

『アン！　戻れ、アン!!』

まずい。

私が隣からいなくなったことがバレてしまったみたいだ。

それになんか、お父さんの声がずいぶん必死な感じがするけど、気のせいかな？

後方から聞こえてくるお父さんの声を無視して、私は魔物の元に走って向かっていった。

私が勢いよく森を駆けていくうちに、魔物の動きがぴたりと止まったのが分かった。

私が【魔力操作】で魔力を抑えていたのに、まさか見破ったの？

なのに逃げないということはこの魔物、私と本気でやり合う気らしい。

上等だ……やってやる。

私は地面を強く蹴って魔物の前に勢いよく飛び出すと、大きな唸《うな》り声を上げた。

「くっ！　なんてすごい威嚇《いかく》……ん？」

そう言って私の威嚇に驚いた相手は――二足歩行の魔物だった。

オークを小ぶりにしたようなサイズだが、体の形はまるで別のものだった。

オークとは大きく違い、妙に整った顔をしていて、頭部にのみ藍色《あいいろ》の毛が生えている。

こちらに向けている武器も、身に着けている防具も、妙に精巧な作りで見たことがないようなものだ。

……この魔物が自分で作ったのだろうか？

もしかして、かなり危険な魔物なのだろうか？

初めて対峙する魔物は、どんな攻撃をしてくるのか分からない。まずは、様子見かな。

私はいつでも攻撃をよけられるように足で地面を踏みしめながら、臨戦態勢に入る。

しかし、その魔物は何を考えたのか、私に向けていた武器を下ろした。

「……なんで幼い人間の女の子が、威嚇なんてしてるんだ？」

目の前にいる魔物は目を見開きながら言った。

「……というか、この子、可愛すぎないか？　天使とかではないよな？」

緊張していた空気感が突然なくなり、目の前にいる魔物は本気で悩んでいるような表情で私のことをじっと見ている。

あれ？　戦うんじゃないの……ていうか、何を言ってるの？

なんで急に武器を下ろしたんだろう、この魔物……天使がどうとか言った気がするけど。

あれ、それにその前に、私のことを『にんげん』とか言った？

『アン！　勝手にどこかに行くなと言っているだろ！』

『お、お父さん』

私の威嚇を聞きつけて追いついたらしきお父さんが、すぐ隣にやってきた。

しかし、私を叱《しか》った後に目の前にいる魔物と目が合うと、お父さんはそれ以上何も言わなくなってしまった。

あれ？　どうしたんだろう？

魔物を前にして、こんな反応をするお父さんは初めて見た。

「……嘘だろ、フェンリルじゃないか！　おい、そこの女の子！　早くこっちに来るんだ！」

お父さんを目にした二足歩行の魔物は驚いた様子で、額《ひたい》から汗を垂らして私に手を差し出した。

「フェンリル相手じゃまともに戦えない、逃げるぞ！」

え、一人で逃げるんじゃなくて、私を連れて逃げようとしているの？

なんで私を逃がそうとしているのだろうか？

この魔物、行動がまるで読めない。

『お父さん。この魔物、私のこと『にんげん』？　とか言ってきて武器を下ろしたんだけど、どういうことかな？』

私は隣にいるお父さんに魔物の言葉の意味を尋ねてみた。

すると隣で複雑な表情をしていたお父さんが、小さくため息を漏らす。

『アン……お前は、本当はフェンリルではないんだ』

『私がフェンリルじゃない？』

ん？　どういうこと？

お父さんの言ってる意味がよく分からない。

私は物心がついた時からお父さんと一緒にいた。

死の森を住処《すみか》とする、誇り高いフェンリルとして育てられた。

それなのに、私がフェンリルじゃない……？

私たちが会話している間、目の間にいる二足歩行の魔物は不思議そうな顔で私を見ていた。

「君、『にんげん』なのにフェンリルと会話ができるのか？」

「待って。私、フェンリルじゃないの？」

「何言ってんだ、当たり前だろ。どこからどう見ても『にんげん』じゃないか」

二足歩行の魔物から、そう言われた。

あれっ？　そもそも私、なんでこの魔物の言葉が分かるんだろう？

『にんげん』……？　人間……？

ぴしんっ。

言葉が頭の中で反芻《はんすう》されて、何かにひびが入ったような音が聞こえた。

そして、知らない記憶が流れ込んできた。

それは『大野杏《おおのあん》』という名前の人間の記憶。

中小企業に勤めていた会社員で、趣味は異世界ものの小説を読むこと。

会社帰りに本屋で異世界ものの新刊を買って、少し寝た後でそれを読もうとしていたんだった。

今さらだけど……それがなんで今、森の中でフェンリルと一緒にいるんだろう⁉

ていうか、なんでこんなに視線が低いんだろう？

そんなことを思って自分の手を見てみる。

すると、その手は六歳になる従妹《いとこ》と同じような大きさをしていた。

……え？

社会人にしては小さすぎる手で自分の頬《ほほ》をつまんでみると、やけに弾力がある。

「何このもちもちで、ぷにぷになほっぺは……え？」

なんだろう、なんか喋《しゃべ》り方も少し舌足らずな感じがする。

……あれ？　子供になっている⁉

これってもしかして、よく異世界小説にある幼女転生ってやつ？

「――そうだ。私、『人間』だったんだ。お父さん、私、フェンリルじゃなくて人間だったみたい」

完全に思い出した。

前世で私は普通の人間として生きていて、気付いたらこの世界でフェンリルのお父さんに育てられていたんだ。

ということは、私は狼《おおかみ》少女の異世界版……フェンリル少女ってことになるのかな？

思いもよらない事態に私が唖然としていると、二足歩行の魔物――もとい、冒険者の男性が首を傾げる。

「お父さんだと？　フェンリルが子供を攫《さら》ったってわけじゃないのか？」

「馬鹿を言うでない。この子は我が娘、アンだ。人間によって死の森に捨てられたのだ」

「え、フェンリルが人間の言葉を喋った⁉」

お父さんの言葉に、冒険者が目を見開いた。

「フェンリルを馬鹿にしているのか。貴様ら人間が使う言葉くらい話せるわ」

「馬鹿にしてるわけじゃないが……ダメだ、事態が飲み込めない」

冒険者は額に手を当てて考え込み、お父さんは冒険者を睨《にら》み、私は突然前世の記憶を思い出してアワアワとしている。

そうこうしているうちに、戦闘するという状況ではなくなってしまっていた。

冒険者が剣を下ろしている姿に、お父さんは息を吐いた。

「……ちょうどよい。戦う気がないなら、少し話に付き合え、人間」

「話に付き合えって、俺がか？　別にいいけど、急に襲わないよな？」

「馬鹿め。そんな気があるのなら、とっくに噛み殺しているわ」

お父さんはそう言うと、その場に座って丸くなった。

こちら側に戦う意思がないことが分かったのか、警戒しながらも冒険者はその場に腰を下ろした。

「アン、結界だ」

「うん」

私はお父さんに言われて、いつもやっているように魔法で結界を展開した。

死の森で座って話す以上、何も警戒しないわけにはいかないしね。

私とお父さんがいれば何かしてくる魔物は少ないけど、自分の力量が分かっていない魔物が戦いを挑んでくることもあるし。

結界を張ってから腰を下ろすと、冒険者はぽかんと口を開けて私を見ていた。

何かおかしなことしたかな？

そう思って首を傾げていると、冒険者は正方形に張った結界を見て、眉を寄せる。

「今、この子がこの結界を張ったのか？」

この冒険者、なんで結界を張ったくらいで驚いて……あれ？

もしかして、私くらいの年齢の子が結界を張るのって、この世界じゃ普通じゃないのかな？

ていうかそもそも私、今、どうやって結界を張ったんだろう？

頭でイメージしたら勝手にできたような気がしたけど、どうやったのかと言われると説明しようがない。

私が困っていると、それに見かねたのか、お父さんが短く息を吐いた。

「フェンリルならできて当然だ。俺の娘だからな」

「当然って……この子まだ五、六歳くらいだろ」

冒険者は結界を確認するようにペタペタと触った後、私たちの前に来て再び腰を下ろした。

「こんなに小さいのに、魔法使いも顔負けの結界を張れるなんてすごいな」

冒険者は私にそっと手を伸ばすと、優しく頭を撫でてくれた。

私のいた世界では、女の子は頭を撫でられれば喜ぶものだ、とか言われていた。

私は撫でられたことなんてなかったし、別に撫でられてもなんとも思わなかっただろう。

そう思ってたけど、実際に撫でられてみると意外と悪い気はしない。

それどころか、犬に似た習性のあるフェンリルとして育ったせいか、撫でられるとワンちゃんみたいに相手に懐《なつ》きたくなる。

私が心地よさに目を細めていると、それを見ていたお父さんが私と冒険者の間に強引に入り込んできた。

「人間、あまりアンに気安く触れるな。人間の匂いがつくだろう」

「いや、アンは人間だろ」

お父さんは不満げな冒険者を牽制《けんせい》しながら尋ねる。

「人間よ、貴様はなぜこの森に入ってきた？」

「さっきから人間人間って言うが、俺にはエルドって名前がある。呼ぶならエルドと呼んでくれ」

エルドと名乗った冒険者はそう言うと、私の方をちらりと見てから、視線をお父さんに戻した。

「……ある冒険者から、子供がフェンリルと一緒にいるところを見たと聞いてな。魔物が子供を森の奥に無理やり連れていったのかと思って、助けに来たんだ」

エルドさんはそう言うと、お父さんから視線を逸らした。

私たちが親子だって知らずに勘違いしてたことになるから、エルドさんは気まずいみたい。

まあ、普通は幼女とフェンリルが親子だとは思わないよね。

それはさておき子供を助けたいからといって、死の森まで探しに来るのは普通ではない気がする。

一般的にはエルドさんの行動は、勇敢っていうより無謀だって非難されるんじゃないかな。

そんな風に考えていると、ふいにエルドさんがじっと私を見てきた。

なんだろう？

私が首を傾げると、エルドさんはその視線を逸らしてお父さんに向ける。

「なぁ、この子をどうするつもりなんだ？」

「どうすると言うと？」

エルドさんからの問いかけに、お父さんが質問で返した。

すると、エルドさんは小さくため息を漏らしてから続けた。

「そのままの意味だ。この子は人間だろ？　これからもフェンリルとして育てていく気なのか？」

エルドさんに言われて、お父さんは少し言葉に詰まった。

それからしばらく考え込んだ後、私の方に顔を向けた。

「……アン。この機会に、人間の街で暮らすというのも一つの手だ」

「え、お父さん？」

お父さんは私の言葉に反応せず、すくっと立ち上がった。

お父さんが私を置いてどこかに行ってしまう気がして、慌ててお父さんの体にしがみつく。

「お父さんっ！　私、お父さんと離れて暮らすなんて嫌だよっ」

お父さんと離れて暮らすことを想像してしまい、目から涙が溢れてきた。

鼻の奥がツンとして、垂れてきそうになる鼻水を啜《すす》りながら、さらに強くお父さんの体に抱きつく。

お父さんは声を震わせている私をじっと見ていたが、私の頬にそっと顔を近づけて、零《こぼ》れた涙を拭うようにぺろぺろと舐《な》めた。

「何を言っているんだ、アン。離れて暮らすなんて俺だって嫌に決まっているだろう」

「で、でも、でもっ、人の街で暮らすのも一つの手だって……」

私がどもりながらそう言うと、お父さんはもふもふっとした毛並みで私を包み込んでくれた。

……温かくて、心が落ち着いていく。

お父さんは私の涙が止まるまで待った後、優しく私を見つめた。

「少しだけ街で暮らしてみよう。もちろん、俺も一緒に行く」

「い、一緒に来てくれるの!?」

「ああ。もちろんだ」

離れ離れで暮らさないでいいんだ。

安心感から、体の緊張が緩んでいくのを感じた。

ひと安心してエルドさんの方を見ると、エルドさんは何か言いづらそうな表情をしている。

私と目が合うと、エルドさんは私から顔を背《そむ》けた。

「……一緒にって、フェンリルが街に出たら大変なことになるだろう？」

エルドさんに言われ、私はハッとしてお父さんを見る。

私はずっと一緒にいたから何も思わないけど、急にフェンリルが街に出てきたら、街の人たちはパニックになるかもしれない。

やっぱり私たちは離れて暮らすしかないの？

「まぁ、『従魔契約』でもできれば問題はないだろうけど、フェンリルが相手だとなぁ……」

「従魔契約？」

エルドさんがぼそっと呟《つぶや》いた言葉を、私は聞き逃さなかった。

私が読んだことのある幼女転生ものの小説では、主人公が従魔と契約をして一緒に旅をする話があった。

もしかしたら、私も小説みたいに従魔契約ってやつをすれば、お父さんと街で一緒に暮らせるのかな？

そんな希望を抱いてエルドさんを見ると、エルドさんは気まずそうに私から目を逸らした。

「魔法で魔物を従魔にする方法がある。魔物に魔力のパスを通して契約すれば、魔物に命令することができるんだ。人間の命令を聞く魔物なら、街に連れていっても問題はない」

やっぱり小説で読んだ展開と似てる！

私が喜んでいると、エルドさんは慌てて言葉を続けた。

「ただ、従魔契約できるのは低ランクの魔物だ。フェンリルと従魔契約をした奴なんて聞いたことがないし、そもそも契約できるかどうかも怪しい」

そう言われて、ぬか喜びだったのかと心がしゅんとなった。

やっぱり街でお父さんと一緒に暮らすことはできないの？

私が不安になっていると、お父さんはなぜか自信ありげな笑みを浮かべていた。

お父さんは得意げな顔で口を開く。

「俺とアンなら可能だ。俺がアンの従魔になる従魔契約を行う」

エルドさんは思ってもみなかったようで、驚いて一瞬言葉を失っていた。

「魔物側から契約するってことか？　そんなことができるのか？」

「俺は普通の魔物ではないからな」

お父さんはエルドさんを見てニヤッと笑う。

普通ではない魔物という返しに、私はふふっと笑ってしまう。

私が笑っているのを見て、お父さんはほっとしたみたいで言葉を続ける。

「アン、さっそく始めよう」

「うん、お願い。えっと、私はどうすればいいのかな？」

「とりあえず、俺の魔力と波長を合わせるんだ」

そう言われて、お父さんの魔力を感じ取ろうとした。

お父さんの魔力は淡い緑色のようなイメージだ。

この魔力に、私の魔力の波長を合わせればいいんだよね。

むむっ、こんな感じかな。

私が波長を合わせていくと、徐々に地面に緑色に光る魔法陣が形成されていった。

「これって、従魔契約の……？」

私が魔法陣を見て驚いていると、お父さんは頷《うなず》きながら言う。

「ああ。これで従魔契約の第一段階は成功だ。後はアンが俺に名前を与えれば契約は完了だな」

「名前？」

私は突然そう言われて首を傾げてしまった。

これだけで終わりじゃないんだ。

「従魔契約は二段階に分かれている。一段階目が魔力を同調させてパスを通すこと。これが今完了したというわけだな。そして二段階目が従魔に名前を与えることだ。名前がなければ、従魔に命令をする時に困るだろう？」

お父さんの説明に私は頷く。

確かに、命令する時には名前が必要だよね。

じゃあ、とびっきりいい名前を付けてあげよう！

……と思って腕を組んで考えてはみたが、なかなかいい名前が浮かんでこない。

え、こんなに出てこないものなの？　私ってネーミングセンスない？

「どうしよう。名付けって難しいかも」

「難しく考える必要はないぞ。アンが名付けてくれるなら、なんでも構わない」

なんでも構わないと言われても、それはそれで迷ってしまう。

名前……名前……

私は改めてお父さんをじっと観察して、名前のヒントがないか探してみることにした。

神聖なオーラが漂う神々しい存在。

切れ長の目、そして白銀色のもふもふとした毛並み。

白銀色、白銀の世界……スキー、雪？　冬？

冬はいい気がするけど、フユって名前だと、響きが少し可愛すぎるかも。

それなら、いっそのこと冬に限らずすべての季節を入れちゃおうかな？

すべての季節といえば……

「『シキ』っていうのはどうかな？　すべての季節を支配する存在っていう意味で！」

「なるほど、素晴らしい由来だな。いいな、シキという名前は気に入った」

お父さんが口元を緩めると、私たちの足元にある魔法陣が一層強い光を放った。

「わっ、なんかすごい光ってるけど、大丈夫？」

「問題ない。アンがくれた名を俺が受け入れたからな」

私の心配をよそに光は徐々に小さくなり、やがて足元にあった魔法陣が消えていった。

「これは、契約完了ってこと?」

「ああ。これから俺のことはシキと呼ぶようにな、アン」

「ふふっ、なんか慣れるまで変な感じがするね」

どうやら、従魔契約はうまくいったみたいだ。

私たちが安心して和《なご》んでいると、エルドさんから視線を感じた。

「本当にうまくいったんだな……」

なんかすごい驚いてる。

エルドさんは私たちが従魔契約を成功させるとは思ってなかったみたい。

そういえば、エルドさんはフェンリルと契約した人なんて聞いたことないと言っていた。

これは、かなりすごいことをしてしまったのかもしれない。

お父さんはエルドさんに向けて、得意げな表情を浮かべた。

「アンはフェンリルとして育ったからな。フェンリルの俺と魔力を同調させるのがうまいのだ。それに、アンは普通の人間よりも【魔力操作】の能力に長《た》けているから楽だったぞ」

え、私って【魔力操作】の能力が高いの?

今まで自分は普通だと思っていたので、驚いてしまった。

……もしかして、フェンリルとして育ったから、普通の子供と違うところがあるのかな?

そういえば異世界ものの小説だとステータスを確認できたけど、私も転生者だから同じ感じでステータスを見られるのかな？
「ステータス」
私は誰にも聞こえないくらい小さな声で呟いてみた。
すると急に目の前に、一辺三十センチくらいの画面が現れた。
アニメでも見たことのあるステータスが表示されている小さな画面。
そこには次のように書かれていた。

名　前：アン
種　族：人間
レベル：１０２
体　力：１０１０
魔　力：７８０
筋　力：５７５
素早さ：９２０
器用さ：８１０
スキル：【創作魔法】【全知鑑定】【魔力操作】【魔力感知】【言語理解】【アイテムボックス】

おおっ、本当にステータスが出た。

私は表示されたステータスを見て、ふむふむと頷く。

どうやら私には、結構いろんなスキルがあるみたいだ。

でも意識的に使ったことがあるのは、【魔力操作】と【魔力感知】くらいかな。

他のスキルは前からあったスキルなのか、前世の記憶を思い出したから得られたスキルなのかはよく分からない。

よく分からないけど……もしかして特別なスキルなのでは？

よく読んでいた異世界ものの小説だと、主人公しか使えないスキルが存在するってパターンが結構あった。

もしかしたら、私はフェンリルを従魔にして、チート級のスキルも使えるという恵まれた異世界転生をしたのではないだろうか？

それって、最高では？

幸先のいいスタートを切れた気がして、私は思わず微笑んだ。

こうして、私は異世界で新たな人生を歩むことになったのだった。

第二話　いざ街へ

私たちは死の森を抜けて、森の近くにあるとエルドさんが教えてくれた、『エルランド』という街に向かった。

街の門が見えてくると、その門の前には武器を構えた多くの人たちがいた。

門番かもしれないけど、それにしては数が多すぎる気がする。

私は首を傾げて隣にいるエルドさんを見る。

「何かあったんですかね？」

「フェンリルが森から出てきたから、厳戒態勢を敷いているんだろう。これだけ街に近づいてきたシキに気付かないほど、門番も馬鹿じゃない」

エルドさんは私の疑問にそう答えた。

私たちの話を聞いていたシキは、街の人たちを見ながら鼻で笑う。

「ほう、人間のくせに生意気な。蹴散らしてくれるわ」

「シキ、頼むからやめてくれ。俺が話をつけてくるから」

エルドさんは慌てて、門に向かおうとしていたシキを宥《なだ》める。

シキなら本気でやりかねないかも……

そう思っていると、エルドさんがちらっと私を見た。

「それとアン……人間の住む街では、四足歩行は禁止な」

「だ、大丈夫ですよ。もうしませんから」

エルドさんに注意されて、私は恥ずかしくなった。

森からここに来るまでの道中、私は何度か四足歩行で歩いてしまったのだ。

フェンリル生活の中でたまに立って歩くこともあったけど、四足歩行で歩くほうがずっと多かったから仕方ない。

そのたびにエルドさんに注意を受けたが、またしばらくすると四足歩行に戻ってしまった。

これはフェンリルとして育った弊害だろう。

申し訳なさからしょんぼりしていると、エルドさんが私の頭を軽く撫でた。

私が見上げると、エルドさんはそれ以上何も言わずに笑って、一人で門の方へ向かっていった。

離れていくエルドさんの背中を見つめていると、シキは不満そうに小さなため息を漏らした。

「またアンに触れおって、あの人間は……」

「私は別に気にしてないよ。むしろ、気持ちいいしね」

私がそう伝えても、シキは何やら納得していない様子だった。

不満げなシキを見ていたら、私は今さらシキの毛並みのもふもふ具合が気になった。

……すごい気持ちよさそう。

「ねぇ、シキのこと撫でてみてもいい？」

気が付けばそう口にしていた。

「なぜだ？」

シキは私の突然のお願いに首を傾げていた。

今まで私が撫でたいと言ったことなんてなかったから、びっくりしたんだろう。

私は思ったままを口にする。

「うーん、もふもふで気持ちよさそうだからかな」

「ふむ。まあ、アンが撫でたいなら好きにすればいい」

了承を得た私は、シキの頭を優しく撫でてみた。

柔らかい毛並みは心地よく、前世の友人宅で触らせてもらった大型犬のことを思い出した。

初めは乗り気ではなさそうだったシキも、私が撫で続けていくうちに、徐々にピンと立てていた耳が垂れていく。

「ほぅ、これはなかなか」

「ね？　頭を撫でられると、なんか気持ちいいでしょ？」

「ふむ」

シキが気持ちよさそうに目を細めるのを見て、なんだか私の方まで癒《いや》されてきた。

大きなもふもふって、こんなに可愛いんだね。

そんな風にしてシキの頭を撫でていると、いつの間にかエルドさんが戻ってきた。

エルドさんは顎《あご》に手を当ててから、真剣な顔で呟いた。

「……大型犬と戯《たわむ》れる幼女。絵になる可愛さだな」

その言葉を聞いて、シキは垂れていた耳をピンと立てて目を見開いた。

「おい、エルド。今俺を大型犬と言ったか？」

「撫でられて気持ちよさそうにしていたら、それはもう犬だろ。少なくとも、そんなフェンリルを俺は知らない」

エルドさんは呆れたようにそう言ってから、少し目を細める。

「まぁ、シキにはその調子でいてもらった方が都合がいいか」

なんだか意味ありげに呟いてから、エルドさんは私とシキを連れて門の方へと向かった。

エルドさんが話をつけておいてくれたらしく、私たちが街の人たちから武器を向けられるようなことはなかった。

その代わりに、好奇の目を向けられてしまっている。

「でかっ！　え、ハイウルフなのか、あれって？」

「いや、ハイウルフにしてはでかすぎるだろ」

あれ？　街の人たち、シキを魔物のハイウルフと間違えてる？

そんなことを考えていると、シキを見ていた街の人たちの視線は、すぐに私の方に向けられた。

「すごい可愛いじゃんっ、あの子」

「うわー、お人形さんみたい」

「お人形さん？　いや、あれって天使なんじゃ――」

え、なんか絶賛されている？

そこまで可愛い顔してるの、私？

私が街の人たちからの反応に困惑していると、ふいに建物の窓に女の子が映っているのに気が付いた。

くりっとした大きな目に、ぱっちりとした二重瞼《ふたえまぶた》。柔らかそうなほっぺをした丸顔で、肩の長さまである黒い髪には艶《つや》があった。

子供としても可愛らしいが、将来はかなり魅力的な女性になりそうな容姿だ。

私と同じタイミングで瞬く姿を見て、しばらくしてからようやくその女の子が自分だと理解した。

こんなにハッキリと自分の姿を見たのは初めてだった。

なるほど。

これだけ可愛ければ、街の人たちが大げさに騒ぐわけだよね。

私が自分でもびっくりしていると、エルドさんに肩を叩かれた。

「とりあえず俺の家に来てくれ。そこで、これからのことを話そう」

「その前に問おう、エルドよ。なぜ人間たちは俺のことをハイウルフだと勘違いしているんだ？」

シキはそう言うと、エルドさんをじろっと見た。

確かに、そのことは私も気になっていた。

ハイウルフはシキよりもふたまわりは小さい狼のような魔物だ。

シキとは大きさだけではなく、毛並みや毛色も全然違う。

それなのに、街の人たちは口を揃えてシキをハイウルフと言っていた。

普通、これだけの人がフェンリルとハイウルフを間違えるわけがない。

私たちがエルドさんを見ると、エルドさんは頬を掻きながらため息を漏らす。

「フェンリルだなんて言ったら騒ぎになるだろ。俺が先に街の人に『シキはハイウルフだ』と言っておいたんだ」

エルドさんはあっさりと答えてから続ける。

「波風立てずに人間社会で暮らすためには仕方ないんだよ。諦《あきら》めてくれ」

シキの視線から不満を感じ取ったのだろう。エルドさんは申し訳なさそうに眉を下げていた。

「人間というのは、面倒だな」

シキは仕方ないといった様子ではあったが、本当はハイウルフと間違えられるのは面白くないらしい。

その証拠に、シキの尻尾《しっぽ》がいつもよりも垂れている気がした。

……なんだか可哀想だな。

そう思った私は、シキの頭を撫でながら歩くことにした。


それからしばらく歩いていくと、落ち着いたところにある平屋の一軒家に到着した。

エルドさんはその家の扉を開けて、私たちの方を振り返る。

「俺の家だ。好きにくつろいでくれ」

エルドさんの家の中はよく片づいていた。

ベッドやソファ、ダイニングテーブルや椅子。そんな最低限の家具しか置いていないせいか、広く感じる。

家具はみんな使い込まれている雰囲気がある。

だけど部屋の奥にある小さなキッチンだけが、新品のように綺麗《きれい》だ。

キッチンだけ、やけに綺麗ということは……エルドさん、あんまり料理していないな。

そんなことを考えながら椅子に腰かけていると、すぐにエルドさんがお茶を運んできてくれた。

もらったお茶を飲んでみると、前世で飲んだ海外のお茶みたいな高級感のある味をしていた。

うん、美味《おい》しい。

私がほっと一息ついていると、エルドさんが表情を緩めた。

「この街で生活する拠点は、ここを使ってくれていい。自分の家だと思って構わないからな」

「……ずいぶんと親切だな」

優しいエルドさんを、シキは警戒しているようだった。

エルドさんはシキから目を逸らして少し俯《うつむ》く。

「親切にもなるさ。小さな子供を放っておくわけにはいかないだろう」

エルドさんは私をちらりと見た後、なぜか遠くを見るような目をした。

私が不思議に思っていると、エルドさんは気を取り直したように椅子から立ち上がった。

「とりあえず、街の案内といきたいところだが……さすがに、その格好のまま街を歩くわけにはいかないな」

そう言われて自分の服装を見てみると、私が着ているのは汚れもほつれも目立つ、ぶかぶかの白色のワンピースだった。

確かに、この服装で街を歩いたら結構浮くかもしれない。

そういえば、長い間この服を着ていたけど、この服ってどこで手に入れたものなんだろう？

シキが買い物したわけじゃないよね。

「ねぇ、シキ。これってどこで調達したの？」

「死の森で白骨化していた遺体から頂戴した」

「ヒイッ！」

私は想像もしなかった答えに、悲鳴を上げてしまった。

そんな私たちのやり取りを見ていたエルドさんは、腰に手を当てて大きなため息をついた。

「はぁ……想像以上にひどいな。とりあえず、今から適当にアンの服を買ってくる。街の案内は明日にしよう」

「い、いえ、お気遣いなく。というか、服を買うお金がありませんし」

シキの話を聞いた後に、この服を着続けることには抵抗がある。

でも必要なお金を稼ぐまでは、しばらくこの服で我慢しなくちゃだ。

今まで森の中で生活していたから仕方ないよね。

私がそんなことを考えていると、エルドさんは何を言っているという顔で私を見た。

「服ぐらい買ってやるから気にするなって」

「え⁉　いいんですか？」

私は思わずガタッと音を立てて椅子から立ち上がった。

そんな私を見て、エルドさんはからかうような笑みを浮かべる。

「遺体が着ていた服がいいって言うのなら、無理にとは言わないけど？」

「うう、そうでした……で、できれば、お願いします」

「はいよ」

私の言葉を聞くと、エルドさんは家の扉に手をかけた。

「服を買ってくるから、シキは俺が帰ってくるまでの間に、アンの体を洗っておいてくれ」

エルドさんは部屋にあった、たらいを指差してそう言うと、扉を開けて家を後にした。

まだ会ったばかりの私たちに自分の家を任せて出かけてしまうとは、不用心と言うべきか、人がよすぎると言うべきか……

私はエルドさんが出ていった方を見つめながら、言葉を漏らす。

「エルドさんって、すごい優しい人だね」

「そうだな。親切すぎて少し気にはなるが」

「気になる？」

シキが目を細めている理由が分からず、私は首を傾げた。

「いや、なんでもない。ほら、今のうちに体を洗っておくぞ、アン」

シキは私の服を口で引っ張ると、そのまま私をたらいの方に連れていって体を洗うのを手伝ってくれた。

ところで、さっきのシキの言葉……なんなんだろう？

何か気になることがあったのかな？

私はいろいろと考えてみたが、よく分からなかった。

そして魔法を使って体を綺麗に洗い終えた頃、エルドさんが私の新しい服を買って帰ってきた。

さっそくその服に袖《そで》を通すと、新しい服を着た私を見た二人は感心したような声を漏らした。

「おお、見違えたな。かなり可愛いぞ」

「エルドよ、アンは元々可愛いのだ。服のおかげではない」

「……天使だな」

「ふむ、天使だ」

エルドさんとシキは真面目な顔でそう言ってから頷いた。

ストレートに褒められ、私は恥ずかしくなって俯く。

エルドさんが買ってきた服は、白のブラウスと、赤色のジャンパースカート。それに加えて黒色のワークブーツまで買ってきてくれた。

私がくるっと回ると、ひらりとジャンパースカートの裾《すそ》が翻《ひるがえ》る。

服の質感とデザインの可愛らしさに、思わず笑顔になった。

「エルドさんっ、ありがとうございます」

「はいよ、どういたしまして」

エルドさんは私のお礼を笑顔で受け取ると、椅子に腰を下ろした。

「それじゃあ、今日はもう飯にするか。ついでに屋台で飯を買ってきたんだ」

エルドさんに言われてテーブルの上を見てみると、そこには容器に入った薄切りのお肉と、バスケットの中にパンがあった。

お肉からは湯気が立ち上がり、いい匂いがしている。

「これは、なんのお肉ですか？」

「クックバードだ」

クックバードというのは、鶏《にわとり》のような魔物た。

簡単に捕まえられて美味しいから、よく森でも狩って食べていた。

切り身の状態のクックバードは初めて見た。

……そういえば、私って魔物を料理もせずに食べていたんだよね。

今になって考えてみると、いろいろまずいような気も……

それはともかく、この魔物のお肉が美味しいことはすでに知っている。

料理されたそのお肉を前にして、お腹がぺこぺこだったことに気付いた。

「とりあえずシキの分は多めに買ってきたけど、足りるか？」

「よい。腹が減ったら自分の分は後で調達してくる」

「……あんまり目立たないように頼むぞ」

私はそんな二人のやり取りを聞きながら、さっそく席に着いて、フォークでクックバードを一口食べてみた。

こんがりと焼いたお肉の風味と肉汁《にくじゅう》が口に広がる。

塩加減もちょうどよくて、お肉の旨味《うまみ》を引き立てている。

「美味しいですね！　味つけは塩だけみたいなのに、こんなに美味しいなんて」

「だろ？　後はパンがあるから、これも食べてくれ」

エルドさんはそう言うと、バスケットの中に入っているパンを私に手渡した。

一口かじってみると、素朴な小麦の香りが口いっぱいに広がった。

うん、優しい味でこのパンも美味しい。

人によってはシンプルで物足りなさを感じるかもしれないけれど、おかずと一緒に食べるなら、このくらいがちょうどいいよね。

私は初めて食べる異世界料理の美味しさを前に、表情を緩ませたのだった。

第三話　優しさの理由

「すぴー、すぴー……」

俺――エルドがベッドを覗き込むと、そこには気持ちよさそうに寝息を漏らしているアンの姿があった。

ずいぶんと可愛い寝顔だな。

つついてみたくなる柔らかそうな頬を前に、俺はぐっとその衝動を抑えた。

ぷにぷにしていそうだけど、寝ているところをつつくのも悪いしな。

「それにしても、爆睡だな……まぁ、飯食べてすぐにウトウトしていたし、それだけ眠かったんだろうな」

初めて街に来て、いろいろと疲れたのだろう。

ずっと自分をフェンリルだと思っていたみたいだし、自分が人間だと知って衝撃的な一日だっただろうな。

そんな風に考えながらアンの寝顔を見ていると、背後から魔物の鋭い視線を感じた。

警戒というよりも、威嚇に近い視線だ。

初めから敵意を隠すつもりはないのだろう。

生唾を飲み込んでから振り向いてみると、そこには案の定シキの姿があった。

俺が変なことをしたらすぐに噛み殺すぞ、といったような圧を感じる。

……まさか、寝ているアンに近づいただけで、こんなに睨まれるとは思わなかったな。

俺はシキの威嚇を前に、少し冷や汗をかいていた。

「なんだ？　俺がアンの寝顔を見ていると不安か？」

シキはゆらりとこちらに近づいてくると、鋭すぎる眼光を微かに抑えた。

どうやら、急に襲ってきはしないみたいだ。

「なぜ俺たちにここまで親切にする？」

シキはアンを起こさない程度に軽く唸る。

アンはすぐに俺のことを信用してくれたが、シキはまだ俺のことを警戒していた。

まぁ、警戒するなという方が無理か。

見ず知らずの幼女とフェンリルを街で生活できるように援助をする。

そんななんの利益にもならないことをすれば、裏があるだろうと怪しまれても仕方がない。

「アンが可愛いから親切にしている。それだけじゃ不満か？」

「それが本当の理由なら構わんが、それだけには思えんな」

シキは少しの嘘も見逃さないような鋭い目で、俺を睨んでいる。

アンに近づく者が危険な人物ではないか、それを確かめるためだとは思うが、さすがに睨みすぎじゃないだろうか？

まぁ、こんなに過剰な反応をしてしまうくらい、アンのことが心配なのだろう。

多分、俺も似たような状況だったら同じようなことをする気がした。

俺の場合は娘ではなく、別の存在になるけどな。

シキに親近感を抱いたせいだろう。

俺は普段なら話さないようなことをぽろっと漏らしてしまった。

「昔な、俺には妹がいたんだよ」

「昔？　……死んだのか？」

「ああ、殺された。魔物に村を襲われて、数日後に山の奥の方で遺体になって発見されたんだ」

俺はそれから、少しだけ過去の話をした。

◇

昔、俺の故郷は魔物の群れに襲われた。その時、幼かった妹は魔物に攫われたのだ。

妹を山の奥まで探しに行った親から、妹が遺体になって発見されたことを後から聞いた。

当時の俺は、地元を離れて冒険者として活躍をしていた。

だから地元でそんな事件があったことも、しばらくは知らなかったのだ。

妹が魔物に殺されたことも知らずに、多くの人たちを救っている気になっていた。

俺はその時、冒険者という職に誇りを持っていた。

一番守るべき存在を守れなかったくせに、心構えだけは一流の冒険者気取りだったんだ。

それからしばらくして、妹の死を知ることになる。

その時、俺の中の何かが壊れた。

俺は妹を救えなかった自分の無力さを呪《のろ》いながら、この世にはびこる魔物を殲滅《せんめつ》しようと本気で考えた。

その結果、毎日憑《つ》かれたように魔物を狩り続ける日々を送ることになった。

しかしいくら魔物を狩っても、殲滅などできるはずもなかった。

当たり前だ。現実的に考えれば、それが無理だということはすぐに分かる。

だが現実逃避をするために魔物を狩っていた俺は、それに気付けなかった。

日に日に大きくなっていく、妹を救えなかった後悔と、胸にぽっかり開いた穴。

そこから目を逸らすために、俺は酒に溺れる日々を過ごすことになる。

そんなある日、森で幼い少女が魔物と一緒にいるところを見たという話を聞いた。

俺はいてもたってもいられなくなって、すぐに森に向かって走りだした。

森にいるのは死んだ妹ではなくて、知らない少女だ。

それを頭では理解していても、心では理解できていなかった。

そうでなければ、依頼されたわけでもないのに、知らない少女を探しに死の森にまで行きはしないだろう。


そして数日後。俺は死の森でアンとシキに出会った。

初めにアンを見た時は天使かと思ったが、彼女は自分のことをフェンリルだと思い込んでいるようだった。

話し合いの中で、アンもシキも街で暮らす流れになり、そうなると保護者が必要になることはすぐに分かった。

首を突っ込んだ手前、今さら引くに引けなくなった俺は、二人の保護者になることにしたのだった。

◇

――そして、今に至る。

そんなどうしようもない冒険者の話だ。なんかいろいろとごちゃごちゃだな。

埋まるはずのない胸に空いた穴を、代わりのもので埋めようとしているどうしようもない男の話。

自分で話していて、情けなくなってくる。

そんな話をひと通り終えてシキの方を見ると、シキは悲しそうに俯いていた。

先ほどまで俺に向けていた警戒心は消えていた。

そして昔の話をしたせいか、俺は当時の感情を思い出してしまったみたいだった。

胸が締めつけられるように痛い。

俺は胸元を押さえながら、言葉を続けた。

「魔物に連れ去られた女の子がいるって聞いて、放っておけなかったんだ。だから、親切にしているんだよ。重ねているんだ、アンと死んだ妹を」

「そうか……」

シキはそう呟いた後、それ以上何も言わずに黙り込んでしまった。

これは、まずいな。沈黙が続く中で、込み上げてきた感情が止まらなくなっている。

このままだと、シキの前で泣いてしまいそうだ。

そう思った俺は急ぎ足でキッチンまで向かうと、大きな酒瓶を手にしてシキの前に腰を下ろした。

泣きそうになる衝動を抑えることはできない。

そう思った俺は、いつもの手段でその衝動を誤魔化《ごまか》すことにしたんだ。

「一杯付き合ってくれないか？」

「酒か？」

なぜこのタイミングで？

そう言いたげな顔でシキは首を傾げた。

まぁ、話の流れから想像しろというのは無理な話だろう。

「ああ、現実から目を背けるにはこれが一番だからな」

「……そうか」

シキは少し気まずそうに、その場に丸くなった。

どうやら、俺はいらない言葉を口にしてしまったようだ。

これは、かなり気を遣《つか》わせてしまった気がする。

フェンリルに気を遣わせるって、俺は何をしているんだか。

改めて情けなくなったが、俺は諦めて小さなため息をつく。

今から取り繕《つくろ》うのも無理だし、開き直るしかないだろう。

「そのおかげで酒にも強くなったんだぜ。だから、あれだ……先に潰れてもいいからさ、付き合ってくれよ」

俺がそう言うと、シキは微かに口元を緩めた。

「ほざけ、小童《こわっぱ》が。俺に勝てることなど何もないことを教えてやろう」

余裕ありげなシキの表情に釣られて、思わず笑ってしまった。

俺が大皿に酒をとくとくと注ぐと、シキはその酒を豪快に飲んで、すぐに中身を空にした。

シキの飲みっぷりに驚きながら、俺も負けじとコップに酒を注いで一気に呷《あお》った。

そんな風に酒を飲んでいくうちに、いつの間にか互いの距離は近づいていき、俺たちはなんでもないような話をしながら、朝が来るまで飲み明かすことになった。

いつの間にか近づいていた距離は、酒のおかげなのか、互いに親近感を覚えたからなのかは分からない。

分からなくてもいいだろう。

そんなこと思いながら、夜は更けていったのだった。

◇

エルドさんの家で目を覚ました私――アンは、ベッドの上でぐっと伸びをした。

そして大きく息を吸おうとしたところで、すぐにその臭いに気が付いた。

「……お酒臭い」

酒盛りをした翌朝の臭いがする。

きょろきょろと辺りを見渡してみると、その臭いの発生源を特定した。

床で寝ているエルドさんと、エルドさんに覆いかぶさって寝ているシキ。

そのすぐ近くには、空になった酒瓶が何本も転がっていた。

どうやら私が寝てからずいぶんと楽しんでいたらしい。

私は身を寄せて寝ている二人を見て、首を傾げた。

一体、何があったらこんなに距離が近くなるのだろうか。

考えてみたが、その答えは分からなかった。

「まぁ、仲よくなったのなら、別にいいんだけどね」

少し呆れてそんな言葉を漏らしてから、私は二人の体を揺すって起こすことにした。

ずっと寝かせておいてもいいんだけど、このまま放っておいたら、何時に目を覚ますか分からないしね。

「シキ、エルドさん。起きて、朝だよ」

二人は私に体を揺すられて目を覚ました後、しばらくそのままぼーっとしていた。

目は開いているのに、意識が朦朧《もうろう》としてるみたいだ。

二人とも、ちゃんと起きてるんだよね？

「……昨日は、少し飲みすぎたな。シキが思った以上に飲むもんで驚いた」

「エルドに負けるはずがないだろう。それにしても、エルドは人間にしては多少は骨があるようだな」

ただお酒を飲んでいただけで、骨があるかどうかなんて分かるわけがないと思うんだけど……

でも、二人がそれで納得して仲よくなったのなら、それでもいっか。

「今日は、あれだな……えーと、案内。そうだ、アンに街を案内するんだった。その前に、あれだな……朝ご飯を買ってこよう」

「エルドさん、大丈夫ですか？」

なんだかぼーっとしている。お酒が抜けきっていないのだろう。

絶対に二日酔いしてるよ。

立ち上がって朝の支度を始めたのはいいけど、少し足元がふらついている。

「大丈夫、大丈夫。ちょっと待っていてくれな。今、朝ご飯を買ってくるから」

「それなら、私も一緒に行っていいですか？」

「ん？　ああ、そうだな。朝飯を買うついでに、市場を案内しておくか」

エルドさんはそう言うと、私にそっと手を差し出した。

あまりにも自然に手を差し出したので、私は何も考えずにその手を握り返してしまった。

昨日会ったばかりの人といきなり手を繋《つな》ぐなんて、もしかして変かな？

エルドさんの手はごつごつしていて、ところどころ手の皮が硬くなっていた。

これって、剣を振った時にできるマメ？

え、それにしては硬すぎるでしょ。

普通、マメってこんなに硬くならないよね？

一体、どれだけ剣を振ればこれほど硬くなるのだろうか。

私がエルドさんを見上げると、先ほどまでぼーっとしていたエルドさんの顔が少し引き締まったように見えた。

一瞬目を大きく開けた後で、エルドさんはそのまま優しそうな笑みを浮かべた。

「手を繋ぐなんて久しぶりだな」

どこか感慨深そうな優しい表情を前に、私は首を傾げた。

もしかして、私を誰かと間違えてる？

「エルドさん、まだ寝ぼけてますか？　手を繋いでいないと、エルドさん、フラフラして危なそうですね」

「……ああ、そうだな。今度はちゃんと守らないとな」

「エルドさん、話聞いてましたか？　フラフラのエルドさんを支えてるのは私ですからね」

千鳥足なエルドさんが人とか建物とかにぶつからないように、私が守らないと。

私はエルドさんの手をしっかりと握り直し、エルドさんを支えながら街の市場へと向かうのだった。


「おー、これが朝市ですか」

エルドさんの家から少し歩いていくと、そこには中世ヨーロッパの市場のような景色が広がっていた。

道の両端には料理を振る舞う屋台が並んでいて、朝から活気がある。

こんな場所に来たのは初めてだ。

なんだかテンションが上がってしまう。

「何か食べたいものがあったら言ってくれ。今日はアンの好きなものにしよう」

「え、いいんですか？」

私が食欲を刺激する香りに表情を緩ませながら言うと、エルドさんは笑みを浮かべてシキを見た。

「シキもそれでいいだろ？」

「俺はそれで構わない」

シキはそう言うと、軽く尻尾を振った。

食べものの匂いに、シキも興奮してるみたいだ。

一体、どんな屋台があるんだろう。

私は異世界の食べものを前にワクワクして、そのまま走りだそうとした。

しかし、その瞬間ぐいっと後ろに強く引っ張られた。

振り向いてみると、シキが私の服を咥《くわ》えて何か言いたそうな顔をしていた。

「勝手に走りだすな、アン。迷子になったらどうする」

「迷子って……私、中身は子供じゃないもん」

私に前世の記憶があることは、昨日の食事中に初めてエルドさんとシキに話した。

二人とも驚いていたけど、私の中身が大人だってことはちゃんと理解してくれたはず。

それなのに、なんでこんなに心配しているの？

私が腑《ふ》に落ちずに首を傾げていると、私と目が合った街の人たちがきゃあっと声を上げた。

え、なんだろう？

私がその声に驚いていると、子犬でも愛《め》でるような目を向けられる。

「な、なんて顔が整った子だ」

「あんな可愛い子、この街にいたか？」

「あれじゃないか？　昨日可愛い子が街に来たって噂になっていた……」

みんなが口にする内容は、私の容姿を褒めるものだった。

て、ていうか、噂になってたの？

私は思いもしなかった事態に照れ臭さを感じた。

可愛いと言われるのは嬉しいけど、反応に困っちゃうよ。

「ん？　う、後ろの魔物は……な、なんだあれ？」

しかし、街の人たちの注目は私だけに留まらず、後ろにいるシキにまで向けられていた。

まぁ、街中にシキみたいな魔物がいたら、当然驚くよね。

シキがフェンリルだってことは秘密にしているけど、シキみたいな従魔を連れている人は街にはいないみたい。

昨日は少し歩いただけだったけど、今後はシキが街を歩く頻度も多くなる。

そうなった時、変な言いがかりとか、つけられなきゃいいんだけど……

「エルドさん。もしかして、シキって結構目立ってます？」

「こんなでかい魔物を引き連れているわけだし、注目は浴びるだろうな。念のために、シキのことは昨日のうちに冒険者ギルドに話をしておいたし、問題にはならないだろうから安心していいぞ」

「え、そうだったんですか？　いつの間に……」

そういえば昨日、私の服を買いにいった時、少し帰りが遅かった気がする。

もしかしたら服を買う以外にも、私たちのためにいろいろと動いてくれたのだろうか？

エルドさん、門番の人たちだけじゃなくて、ギルドにまで話を通したんだ。

「エルドさん、ありがとうございます」

私が頭を下げると、エルドさんは口元を緩めた。

「気にしないでいいぞ、アン。それよりも、食べたいものは見つかったか？」

「そうですね……いろいろと屋台を見てはいるんですけど、なかなか決まらないです」

辺りをきょろきょろと見渡して気が付いたけど、どうやら私はこの世界の文字が読めるらしい。

多分、これが私のステータスにあった【言語理解】というスキルの効果なのだろう。

今になって思えば、初めてエルドさんと話した時に言葉が理解できたのも、【言語理解】の能力だと思う。

でも、文字は読めても、それがどんな料理なのかは分からないんだよね。

メニューに『からあげ』と書いてあっても、なんの知識もない人がそれを初めて見た時に、『鶏《とり》肉《にく》に衣をつけて揚げたもの』って理解するのは不可能だと思う。

まさに今がそんな状態。

異世界の料理がどんなものなのか、解説してくれるスキルとかないのかな？

そう考えながら屋台の料理に目を向けた。

このお店の料理は……何かのスープかな？

私がじっとその料理を見ていると、突然私の目の前に小さな画面が現れた。

そして、そこには次のような文字が書かれていた。

全知鑑定：葉物の野菜と鶏肉のスープ
鳥型の魔物の肉をつみれ状にしたものと葉物の野菜が入っているスープ

……え、なんか急に出てきたこれは何？

私が戸惑いながらエルドさんとシキに視線を向けると、二人はきょとんとした表情をしている。

もしかして、この画面は私にしか見えてないのかな？

前に私のステータスを見た時の画面と似ている。

前と違うところは……ん？　鑑定？

今気付いたけど、よく見てみたら画面には『全知鑑定』という文字が入っている。

そういえば、私のスキルに【全知鑑定】ってものがあった気がする。

ということは、これが【全知鑑定】の能力？

ただ対象を見ただけで、その内容について鑑定し、詳細を解説してくれる。

それが、このスキルの力なのだろう。

これなら、屋台で売っている食べものが、どんなものかすぐに分かりそう。

でも、【全知鑑定】ってすごい名前が付いてる割には、普通の鑑定のような気もするけど……

もしかして、まだ私の知らない使い方があるのかな？

うん、『全知』っていうくらいだし、きっと他の使い方もあるはずだよね。

そんなことを考えて一人で黙っていると、エルドさんが不思議そうな目で私を見ていた。

あっ、そうだった。

何を食べたいか聞かれて、まだその回答をしていなかったんだ。

私は少しだけ慌てながら、先ほど【全知鑑定】を使って料理を調べた店を指差した。

とりあえず、スキルの詳細よりもお腹の虫をどうにかしよう。

「エルドさん、あれはどうですか？」

昨日深酒をしたであろうエルドさんとシキのことを考えて、お腹に優しい野菜スープを朝ご飯にするのは、いい案なんじゃないかな。

早く二日酔いを治してもらわないとだしね。

「ん？　野菜スープか。いいな、今の俺にはこれがちょうどいいかも」

屋台で朝ご飯を買った私たちは、市場から少し離れたところにあるベンチで食べることにした。

その道中、私は他の屋台のお店にも、【全知鑑定】を使ってどんな料理があるのか調べながら歩いた。

その結果、信じがたい事実に直面してしまった。

こんなことあるのかなと思う反面、異世界ならありえるかもと思えてしまう。

私は優しい味のスープを飲み終えてから、エルドさんを見上げた。

「あの、エルドさん。もしかしてこの世界には、塩以外の調味料を使った料理ってないんですか……？」

ここは、しっかり確認しておこう。

「ん？　そうだな。あんまりないかもな」

エルドさんは当たり前のことを言うみたいにそう頷くと、残っていたスープを一気に飲み干した。

う、嘘……。

実はいろんな店の料理を鑑定してみた結果、どれも調味料は塩だけだったんだよね。

何かの間違いかと思って聞いたみたが……どうやら、本当に塩だけの料理しかないらしい。

「もしかして塩だけなのは、他の調味料が高価だからとかなんですか？」

異世界系の小説で調味料が高いっていうのは、定番の展開だった。

だからそのテンプレ通り、塩以外の調味料は値段が高くて手が出せないのだろう。

そう思って聞いてみたが、エルドさんは首を傾げた。

「高いというか……料理なんて味がついていれば食べられるだろ？　塩だけで十分じゃないか？」

「うーん。まぁ、そういう考えもありますかね……」

この世界の料理は素材がいいのか、塩だけでも美味しい。

けれど、他の調味料も使った方がもっと美味しくなる気がする。

日本という食のバリエーションが多い国から来た私からしたら、美味しいものはより美味しく食べたい。

高価ということが問題ではないのなら、自分で調味料を作ってみるのもいいかもしれない。

簡単なものなら案外作れるかもしれないね。

私が意気込んで胸の前で拳を握っていると、エルドさんがベンチから立ち上がった。

「それじゃあ、そろそろ街の案内をするか」

「はいっ、お願いします」

私もエルドさんを追ってベンチから立ち上がり、シキと一緒にエルドさんの隣に並んで歩きだした。

それからいろんなお店をエルドさんに案内してもらった。

食材を売っているお店や、武器を売っているお店。それに、日用品を扱っているお店。

それらを案内してもらってから、エルドさんに行きたいところがあると言われた。

他のお店と同じ通りにある、ごく普通のお店。

なんのお店だろ？

エルドさんがそのお店の扉を開けると、店の中にはずらりと服が並んでいた。

ってことは……服屋さん？

よく見てみると街の人たちが着ているような服が置いてある。

私は異世界の衣服を見て前世との違いに感心し、ほぅと声を漏らす。

「あれ？　エルドさんじゃない――え？　何、この可愛い子！」

服を畳んでいた若い女性店員さんが、私を見ると目を輝かせた。

その反応は、前世でアイドル好きだった会社の同僚が、推しのアイドルを見る時に浮かべていた表情と酷似している気がした。

「は、初めまして、アンです」

私がその視線に戸惑っていると、店員さんはすさまじい勢いで私の目の前にやってきた。

そしてずいっと私の顔を覗き込んでから、勢いよくエルドさんの方を見る。

「なんでエルドさんが子供といるの!?」

「あれだ……冒険者見習いだ」

エルドさんは頬を掻きながら、店員さんから目を逸らす。

あれ？　私って知らないうちに見習いになってたの？

私が首を傾げてエルドさんを見ると、エルドさんに耳打ちをされる。

「適当に見習いってことにしておいてくれ。誘拐したと間違えられるのは面倒だからな」

そう言われて、私は慌てて何度も頷いた。

これだけ優しくしてもらっているのに、恩を仇《あだ》で返すようなことはしたくない。

「そうです！　エルドさんの見習いです！」

私が大きな声でそう言うと、店員さんはきょとんとした後に微笑みかけてくれた。「そっか、見習いさんか。ずいぶん可愛らしい見習いさんね～」

店員さんは何かに気付いたような様子で腕を組んだ。

「あ、もしかして……昨日買っていった服もこの子の？」

「そういうことだ。追加でこの子が生活できる分だけの服とか下着とかを一式揃えてほしい」

私は思いもしなかった言葉に驚いて、エルドさんを見上げる。

「え、エルドさん。そんなにしてもらうのは悪いですよ」

「今着ている一着だけだと不便だろ」

当たり前のようにそう言われてしまって、私は反論できずに言葉に詰まった。

確かに、服は数着あった方が便利ではある。

でも、これ以上甘えるのはよくないんじゃないだろうか。

そう考えてエルドさんの服の裾をきゅっと握ると、エルドさんは親が子供に向けるような笑みを浮かべた。

「俺がしたくてしているんだ。だから、気にするな」

そう言われてしまうと、これ以上遠慮するのも違う気がする。

私はおずおずとエルドさんを見上げた。

「ありがとうございます。エルドさん」

「おう」

いつか恩返しをしないと。

そう思って、今はエルドさんの厚意に甘えることにする。

店員さんはそんな私たちの様子をじっと見た後、感慨深そうなため息を漏らした。

「……まさか、エルドさんが見習いを取るなんてねぇ」

そう言われたエルドさんは、気まずそうに店員さんから目を逸らした。

私が二人のやり取りに首を傾げていると、エルドさんは「買うものが決まったら呼んでくれ」と言い残して、逃げるように店の外に行ってしまった。

なんだろう？　何かあったのかな？

そんなことを考えながら、私はエルドさんが出ていった店の扉を見つめた。

しかしすぐに熱い視線を感じたので、店員さんを振り返った。

え？　す、すごいキラキラした目を向けられてるんだけど。

ただ試着するだけだよね？

店員さんは満面の笑みを浮かべながら膝に手を置いて、私と視線を合わせた。

「じゃあ、アンちゃん！　いろいろと合わせてみようか！」

こうして私は店員さんに言われるがままに、着せ替え人形のようにいろんな服を着ることになったのだった。

◇

俺――エルドは服屋の外に出ると、外で待っていたシキの隣に並んだ。

「子供と一緒にいるだけで、ずいぶんと意外に思われるのだな」

すると、すぐにシキが何か言いたげにこちらを見て、そんなことを言ってきた。

俺はシキにジトッとした目線を向ける。

「店の中での話、聞いてたのか？」

どう考えても、先ほどまでの話の流れを知らないとそんな言葉が出てくるはずがない。

そう思ってシキを見ると、シキは誇らしげに胸を張った。

「アンの安全を考えれば、聞き耳を立てておくのは当然のことだ」

「いや、当然ってことはないとは思うけどな……」

俺が呆れ顔を向けても、シキは特に気にする素振りを見せなかった。

「それで？　なぜお前が子供といると、あんなに意外がられるんだ？」

どうやら、シキは俺に呆れられてることより、店内での会話の方が気になるらしい。

適当に誤魔化すのは無理か。

何より、シキにはすでに話していることだしな。

別に、話しても問題はないだろう。

「……俺は酒を飲んでフラフラしているか、憑かれたように魔物を狩ってる姿しか知られてないんだよ。驚かない方がおかしいだろう」

俺は妹を亡くしてからの生活を思い出しながら、ため息を漏らす。

幼子《おさなご》を連れて歩いて驚かれないような人間ではないよな、俺って。

だから、怪しまれないようにアンを見習いということにしておいたんだ。

見習い制度は、子供を冒険者や商人の見習いとしてギルドに登録できる制度だ。

基本的に見習いのうちは、一人で依頼をこなすことはない。

本来は、商人の跡継ぎになる息子がその制度を使って少しずつ人脈を作ったり、冒険者の子供が冒険に慣れたりするための制度だ。

……よって、自分と関係のない子供にそんな制度を使うこと自体あまりない。

「まぁとにかく、俺はまともな人間だとは思われてないってことだな」

冒険者として信頼されてはいるだろう。

それでも最近の俺の人間としての評価は、あまりよくはないだろうな。

俺が自嘲気味に笑うと、シキはそうかと短く言ってから続けた。

「それなら、この機会にまともな人間に見られるように変わればいい」

「変わる？」

シキの言葉を飲み込めずにいると、シキは頷く。

「ああ。アンと共に、エルドも成長すればいいだろう」

「成長って、俺、今年で三十歳なんだが」

当たり前のようにそんなことを言ってきたシキに苦笑いを浮かべると、シキは首を傾げた。

「俺からすれば、お前もアンと変わらん子供だぞ？」

「いや、子供って――」

冗談を言っているようには見えないシキの表情を見て、俺は反論する言葉を飲み込んだ。

成長という言葉が、からかっているのではなく、本心であることが分かったからだ。

フェンリルは長く生きると聞いたことがある。

人間では想像もできないくらい長い年月を、シキは生きてきたのだろう。

そう思うと、さっきのシキの言葉にも感じるものがある。

俺がそう考えていると、店の扉が開いてぐったりしたアンが姿を現した。

新しく着ている空色のジャンパースカートは、アンの白い肌によく似合っている。

「お、終わりました～」

「可愛い服を選んでおいたから、期待して！」

ぐったりしたアンと対照的に店員の顔はどこかツヤツヤしている。

疲れているアンの様子を見て、いろいろと察しがついた。

きっと、アンはお店の中で着せ替え人形にされたのだろう。

その姿を想像して、俺は小さく笑みを零してしまった。

店から出てきたアンは、ふらふらしながらシキにぼふっと抱きつく。

「シキ、エルドさんとなんの話してたの？」

「ただの世間話だ」

父と娘の会話を聞きながら、俺は店の中に入って会計を済まそうとした。

あれ？　今のなんだ？

店内に入ろうとした俺は違和感を覚えて、振り返った。

よく見てみるとアンが着ている服には、この店の看板に書かれているロゴと同じものが入っていた。

この店には何度か来たことがあったが、店のロゴが入っている商品は見た記憶がない。

……まぁ、こういう服があってもおかしくはないか。

そう考えて財布を取り出そうとすると、店員が俺の行動を手で制した。

「あっ、エルドさん。今日はお代、いらないから」

「お代がいらない？　どういうことだ？」

俺が眉をひそめていると、大きく膨らんだ紙袋を胸元に押しつけられてしまった。

な、なんだこれは？

「これ、アンちゃんにあげる」

ぱんぱんに膨らんでいる紙袋の中を見てみると、そこには生活に必要な服や下着類が詰め込んであった。

こんなに大量の服が無料？　もしかしてこの店、もう潰れるのか？

客の入りもあまり多くなさそうだから、いつ潰れてもおかしくはない気はするが……

いや、そうだとしても、初めて会った子にこんなに服を渡すか？

ダメだ。まるで事態が飲み込めない。

俺が説明を求めて視線を向けると、店員はなぜか得意げに口元を緩めた。

「ほら、アンちゃんって可愛いでしょ？」

「そうだな」

改めて言うほどのことではないだろう。

そう思いながら、俺は頷いた。

すると、店員は人差し指をピンと立てた。

「周りにいる人たちの注目を集めるくらい、可愛いでしょ？」

「ああ、実際に街を歩いていても視線を集めているな」

今日だって、シキに驚く人もいたが、大半はアンの可愛さに驚いていた。

俺が再び頷くと、店員は言葉を続ける。

「だから、うちのお店の広告塔になってもらうことにしたの」

「……どういうことだ？」

俺はわけが分からず、眉をひそめた。

広告塔？　なんだそれは？

それと今回の会計が無料になることと、なんの関係があるんだ？

俺が説明を受けてもよく理解できずにいると、ちょこちょこっと俺の元にやってきたアンが、ズボンの裾をくいくいっと引っ張った。

……すごい可愛らしい仕草だな。

俺がそう思っていると、アンが言う。

「お姉さんのお店のロゴが入った服を着ることを条件に、服が無料でもらえることになりました」

「え、そんな制度があるなんて聞いたことないぞ？」

俺が食いつくと、店員は呆れたようにため息をついた。

「当たり前でしょ。誰でも広告塔になれるわけじゃないもの！」

まぁ、そうだよな。

全員にそんなことをやっていたら、すぐに破産しそうだ。

店員は俺の顔を見ながら説明を続けた。

「アンちゃんほど可愛い子がうちの店の服を着てくれれば、うちの服のよさに気付いてくれる人も多くなると思うの。そのための先行投資です」

そう言った店員の顔つきは、昨日俺が店に来た時とは大きく違うものになっていた。

瞳の奥に炎が灯ったように、初めて見るくらいに真剣だった。

まさか、この子にこれだけの熱意があったなんて。

一体、何が彼女をそうさせたのか。

詳しいことは分からないが、彼女の中の何かを変えたのが誰なのか、それが分からないほど俺は鈍感ではない。

少しずつ変わっている気がする当事者の俺自身が言うのだから、間違ってはいないはずだ。

そんなことを考えながら、俺は足元にいるアンの頭にポンと手のひらを乗せた。

「エルドさん？」

「不思議な子だよ、アンは」

アンは自身の影響力に自覚がないのか、きょとんとしていた。

そんなアンの頭を撫でて、俺はアンとシキを連れて店を後にした。

第四話　服屋の店員の過去

私が自分の服屋を開いたのは、子供の頃から服が好きだったからだ。

服というのは不思議なもので、コーディネート次第でいろんな顔を見せてくれる。

その無限にも近い選択肢の中から、私の選択で服が新しい表情を見せてくれた時、胸がときめくのだ。

その高揚感が忘れられなくて、私は幼少期から服屋を開くためにいろいろと勉強をしてきた。

苦労はしたけど、そのたびに将来開く自分の店を想像して毎日頑張ってきた。

そして年月を経て、私は地元の街で念願の自分の店を開くことに成功した。

好きな服に囲まれた生活を送ることができる。

私は小躍りするほど喜び、ウキウキで開店準備をした。

そう、お店を開くまではよかった……。

「嘘、お店の維持だけでこんなにお金がかかるの？」

だけど、お店にある趣味を詰め込んだような服は見向きもされず、多くない資金で開いたお店は早々に経営難に陥《おちい》っていった。

いや、維持費の回収もできないんだけど、どうやって利益出すのよ。

このままだとすぐにお店が潰れちゃう！

ていうか、お店もだけど、このままだと私の生活だって維持できなくなる……

そんなことがあって、私は閑古鳥《かんこどり》が鳴く店内で苦渋の決断をした。

もっと私の趣味に偏ってない、普段使いできる普通の服を置くようにしよう。

本当は自分の好きなもので店内を埋めたいけど、これ以上今の状態が続いたら、生活できなくなるし。

生活するためには仕方ないと自分に言い聞かせて、私は店に凡庸《ぼんよう》な服を並べることにした。

ファッション性よりも、値段を重視したようなつまらない服。

そんな服で店内を埋めたところ、お店にはお客さんが増えた。

とはいえ黒字になることはなく、ただ資金の減りがゆっくりになっただけ……

そんなお店の経営と同じく、私の中の服への愛情も薄れていった。

どうやら、胸を高鳴らせながら並べた服を倉庫に片づけた時、一緒に胸のときめきもなくなってしまったようだ。

後に残ったのは、生活のために売る無難な商品と、服を見ても感情が動かなくなってしまった自分の心だけだった。

……もう店を畳もうかな。

本気でそんなことを考えながら、日々を過ごしていた。

そんなある日、私の元に二人のお客さんがやってきた。

鳴らされたベルの音に気付いて、私は畳んでいた服を置いて顔を上げた。

そこには、服なんて着られればなんでもいいと思っていそうなエルドさんと……

天使がいた。

え？　て、天使？　なんで天使がエルドさんなんかと一緒にいるの？

いよいよ酒の飲みすぎで死んじゃったのかな、エルドさん。

たった今、天使によって天に召されてるところとか？

そんなことを一瞬本気で考えたけど、どうやら違うらしい。

話を聞いてみると、天使みたいな子はエルドさんの見習いをしているとのことだった。

冒険者のエルドさんの見習いってことは、この子も冒険者になろうとしてるってことだよね？

こんな可愛い子に冒険者させるって、この子の親は何を考えているのだろう。

いや、この子が自ら志願しているのかな？

普通なら止めると思うんだけど、この子がよっぽど冒険者になりたいとかなの？

私がそんなことを考えていると、エルドさんが私にこの子の服を見繕ってくれと言ってきた。

……この子に似合う服を、私が？

上向きな長いまつ毛と、キラキラ輝く宝石のような瞳。その瞳と似た色の艶やかな髪。

こんな街にいるのが不自然なほど、その容姿は整いすぎていた。

こんなに可愛い子の服を私が選んでいいの？

その瞬間、ぶわっと込み上げてきた何かが憂鬱《ゆううつ》だった心を晴らして、私の口角は自然と上がっていた。

「じゃあ、アンちゃん！　いろいろと合わせてみようか！」

そう言うと、アンちゃんは可愛らしい笑みを私に向けてくれた。

ちょ、ちょっと、可愛すぎるんじゃないの、この子！

天使からの笑みを向けられた私は、さっそくアンちゃんに合う服をコーディネートすることにした。

どんな服も似合うだろうと思って選び始めたが、私は重要なことに気が付いた。

お店の棚に並ぶ服をいろいろとアンちゃんに当ててみたけど……ダメだ、完全に服が負けちゃってる。

凡庸な服はどれを組み合わせても、一定の基準を超える魅力を生み出すことはなく、アンちゃんのよさを引き出せなかった。

せっかくなら、一番アンちゃんに似合う服を見つけたいが、これだと思えるものがない。

何よりも、昔のような胸のときめきが感じられない。

昔？

そう思った私は、アンちゃんをその場に残して、急いでお店の倉庫に向かった。

そこに眠っていた、昔店に並べていた服を引っ張り出してきて、それをアンちゃんに当ててみた。

その瞬間、胸の奥の方に何かがよみがえった。

「うんっ！　やっぱりこっちの方がいいよ、アンちゃん！」

「そうですね、なんか一気に華《はな》やかになった気がします」

「でしょ！　そうだ、アンちゃんの髪色ならこっちの服も似合うよ！　後は、これとかこれとか――」

アンちゃんの服を選んでいる中で、すごく懐《なつ》かしい感覚に陥った。

高揚感に包まれて、コーディネートのアイディアが止まらなくなる。

そして、からっぽになっていたはずの胸の奥に感じる、確かなときめき。

忘れていた、忘れてはいけなかった感覚だ。

いつの間にかその感覚を取り戻していた私は、完全に舞い上がっていた。

次々に服を着替えさせて、それを着こなすアンちゃんに感動する。

「アンちゃん、この色の方が映《は》えるよ！」

「こっち向いてアンちゃん！　可愛い、可愛いよ‼」

「アンちゃん！　天使だよ、可愛いよぉ‼！」

私は非常に興奮していた。

自分でもなんて言っているのか分からないくらい、心から溢れてくる言葉をそのままアンちゃんに言っていた。

初めは恥ずかしそうにしていたアンちゃんだったが、やがて少しずつ嬉しそうに表情がほころんでいった。

その顔が可愛くて、私の好きな服を着て笑ってくれるのが嬉しくて、私は気持ちの高ぶりが止まらなくなっていった。

そうこうしてアンちゃんのコーディネートを試し続けていると、いつの間にかアンちゃんの顔に疲労が溜まっているのを感じた。

あれ？　どうしたのかな？

私が首を傾げて尋ねると、アンちゃんは言いづらそうな顔をして私を見上げた。

「あの、いろいろ着させてもらうのは嬉しいんですけど、こんなに多くはさすがに買えないと思います」

「え？　そんなに多くは――」

そう言いながらアンちゃんの隣を見てみると、そこにはこんもりと盛り上がった服の山ができていた。

その服の山はすべてアンちゃんに似合うもので、これからもアンちゃんに着てほしいものだった。

けど……いつの間にこんなに着せてたんだ、私。

どうやら、気が付かないうちにかなりの服を試着させてしまっていた。

「そ、そうだよね。さすがに多すぎたよね」

アンちゃんがなんでも似合ってしまうだけに、私も止まらなくなってしまったのだ。

さすがにこの服の山全部の料金を、エルドさんに請求するわけにはいかないだろう。

私は次にアンちゃんに着てもらおうと思っていた服をそっと下ろす。

しかし、これだけの服が全部似合って可愛いのに、私だけしかそういうアンちゃんの姿を見られないのか……

なんか、もったいないな……

そう思った時、一つのアイディアが浮かんだ。

「……アンちゃん。うちのお店のアンバサダー……つまり、広告塔になってくれないかな？」

「広告塔、ですか？」

「そう。今日着たお洋服、何着か無料であげちゃう。それに店のロゴをつけるから、普段から着てくれないかな？」

私はアンちゃんの手を取って真剣にお願いをした。

改めて倉庫にしまっていた服を見てみたけど、どれもオシャレでいい服だった。

足りないとすれば、きっとその服を宣伝するための広告だけ。

そして、その問題を解決してくれる広告塔は目の前にいる。

この機会を逃すわけにはいかない。

「これからもお洋服タダであげちゃうからさ！　ど、どうかな？」

私はきゅっとアンちゃんの手を握った。

アンちゃんは目をぱちくりとさせた後、こくんと頷いた。

「お金がかからずにお洋服をもらえるのなら……うん、お願いしたいです」

「やった！　じゃあ、交渉成立ね！」

そんなやり取りがあって、アンちゃんはうちのお店の広告塔になったのだった。

アンちゃんとエルドさんが店を後にしてから、私はすぐに店に並ぶ商品の入れ替え作業に取りかかった。

この街の客層には、私の好きな服は買ってもらえないんだ……

そんな風に勝手に納得した気になって仕舞い込んだ服を引っ張り出して、店に並んでいた無難な服をすべて倉庫に片づけた。

大がかりな商品の入れ替えをして、新たに店に並んでいる商品を見て、私は腰に手を当てて頷いた。

そうだよ。やっぱり、気持ちが高ぶらないとダメだ。

この胸のときめきを感じたくて、服屋を始めようと思ったんでしょ。

それは忘れてはならない、失くしてはならない気持ちだ。

大事なものを思い出した私は、新たに並べた服を見つめながら、やけくそ気味に笑った。

……これでダメなら、本望だ。

そんなことを考えて服を見つめていると、ふいに店のベルが鳴った。

「あ、あの……すごい可愛い子が、この店のロゴ入りの服を着ていたんですけど――あっ、この服可愛い！」

思わず漏れてしまったようなお客さんの声。

その言葉を聞いて、私は胸の高鳴りを感じた。

「そうなんですよ。それ、すごいおススメで――」

まだ終わってなんかいない。

これから、やっと私のお店は始まるのだ。

そう考えることができるくらい、私はアンちゃんによって前向きな気持ちになった。

からっぽになっていた心に、また火が灯った。

そんなアンちゃんには、改めてお礼を言いに行こう。

いや、あの子のことだから、お礼を言ったら変に気を遣うかもしれない。

それなら、今度会った時にさらに素敵な服を渡そう。

それがきっと、服屋の私にできる最高の恩返しだから。

今日も私は服を売る。

幼い頃から夢見ていた、好きな服に囲まれたお店で。

第五話　創作魔法と料理

服屋さんで新しい服をいろいろもらってしまった私――アンは、そのまま少し街を散策した。

それからひと通り街を案内してもらって、私たちはエルドさんの家に戻ってきた。

そして私は先ほどエルドさんが言っていた見習いという制度について、エルドさんから説明を受けていた。

さっきはどういうものなのか知らずに、見習いと言われて勢いで話を合わせただけだった。

だけど、今後もエルドさんの見習いとして振る舞うなら、見習いがどういうものかを把握しておく必要があるよね。

「……なるほど、見習いってそういう感じなんですね」

エルドさんの説明によると、見習いというのは、子供がギルドで経験を積むための制度らしい。

それに加えて、見習いとしてギルドに登録しておくと、ギルドカードが発行されて身分証になるとのこと。

身分を証明するものがない私にとって、それは今すぐにでも欲しいものだ。

エルドさんはひと通り説明を終えてから、改めて私を見た。

「さっきは勢いで言ったが、今後のためにも冒険者の見習いか、商人の見習いとして登録しておかないか？　籍だけ置いておくだけでもいいんだ」

「そうですね。エルドさんが変に疑われないためにも、見習いになっておいた方がいいですよね」

私が見習いとして振る舞っているのに、本当は見習いではなかった。

そんなことがバレてしまったら、エルドさんに迷惑がかかるかもしれない。

それなら、もう見習いになってしまった方がいいよね。

問題は、冒険者と商人のどっちの見習いになるかだ。

私は唸るようにして考える。

将来、冒険者か商人のどちらを選ぶかなんて、考えたこともなかったしなぁ。

まぁ、少し前までフェンリルとして生きていたわけだし、当然といえば当然か。

「あの、両方の見習いになることもできるんですか？」

「見習いは基本どっちかだな。見習いを卒業してから、冒険者ギルドと商人ギルドの両方に登録するっていう人もいるけど」

そう言われて、少し気持ちが楽になった。

将来的に片方だけしか選べないわけじゃないなら、そこまで真剣に考えなくてもいいか。

エルドさんも、籍だけ置く感じでもいいと言っていたしね。

いろいろ考えたら、冒険者の見習いになっておいた方がいいかな？

これでもフェンリルとして狩りをしてきた経験もあるわけだし、得意分野を活かすとなれば、圧倒的に冒険者の方がいいと思う。

そして何より、エルドさんが冒険者だし、その方がいいよね。

ただ、気になることもある。

「冒険者の見習いって、どのくらいのレベルの人がいるんでしょうか？」

街の冒険者のレベルの平均も知らないし、見習いの子たちがどのくらいのレベルなのか想像できない。

そもそも、今の私って一般的な冒険者と比べて、どのくらいなんだろう？

「私のレベル１０２ってどのくらいの強さなんだろう……」

「ああ、レベルは気にしないで大丈夫だぞ。みんな見習いは低レベルからスタートするから…………え？」

私が呟いた直後、エルドさんが唖然とする。

何か変なことでも言ったのかな。

確認の意味も込めてエルドさんを見上げると、エルドさんは目をぱちくりとさせていた。

「レベル１０２？　待て待て、それって下手なＡ級冒険者よりも上だぞ？」

「え、そうなんですか？」

エルドさんは次第に深刻な顔になっていき、やがて信じられないものを見るような目で私を見た。

これってかなり驚かれてるよね？

「A級冒険者って、どのくらい強いんですか？」

「ランクで言えば、上から数えて二番目だ」

「……」

え、私、まだ冒険者でもないし、その見習いになろうって段階なんだけど。

その段階ですでにA級冒険者並みの力があるの？

思いもしなかった事態に驚いていると、エルドさんは顎に手を置いて私を見る。

「この際だから、冒険者について説明をしておくか」

「お、お願いします」

今の私がどれほど規格外なのか、それを知るためにも冒険者について知っておいた方がいい。

私が頷いたのを確認すると、エルドさんは続けた。

「冒険者は冒険者ギルドからの依頼を受けて、その依頼を達成することで報酬を得ることができるんだ。ランクはGからAの順番で上がっていく。依頼の達成回数とか、貢献度でランクが上がっていくんだ。そして最上位がSだな」

なるほど。そこまで言われると、エルドさんがなんで驚いたのか分かってきた。

そして、なぜ微妙な表情をしているのかも。

「基本的にランクはレベルと比例して上がっていくんだ。そうなると、アンはランクAから始めることになるが……見習いがA級から始めることなんて聞いたことがない」

エルドさんはそこまで言うと、困ったように唸った。

フェンリルとして育てられた私は、普通の冒険者以上に魔物を狩って育ってきた。

その結果、私はA級冒険者並みのレベルになっていたらしい。

そしたら異例の事態になっちゃうのも仕方ないよね。

エルドさんはしばらく考えてから、顔を上げて真剣な顔で私の顔を見た。

「アン。もしも、このまま冒険者見習いとしてギルドに登録したら、アンは将来国を背負う冒険者として頼りにされると思う」

「そ、それは、あんまり嬉しくないです。この国のことも知らないのに、いきなりいろいろ背負わされるのは」

冒険者として生きるのも悪くはないんだけど、将来を期待されて殺伐《さつばつ》とした戦場とかに送り込まれるのは嫌だ。

だって、普通に怖いもん。

「だよな。そうなると、冒険者じゃなく、商人の見習いにでもなるか？　……商人かぁ。誰か見習い取ってくれる人を探さないとだなぁ」

そう言うと、エルドさんは腕を組んでまたしばらく考え始めた。

もっと冒険者を勧めてくると思ったけど、どうやら私の考えを優先してくれるらしい。

その優しさに私は笑みを浮かべた。

すると、シキが近づいてきて、こてんと首を傾げた。

「何を言っているんだ？　俺はエルド以外の人間にアンを任せる気はないぞ？」

「いや、そうは言っても俺、商人じゃないし」

「それなら、なればいいだろう。商人に」

シキにそう言われたエルドさんは、目を丸くしていた。

ぱちぱちと瞬きをして、シキの言葉の意味が分かっていない様子。

冒険者として生きてきたのに、突然そんなことを言われるとは思わなかったからだろう。

かなり驚いているみたいだ。

でも、知らない誰かに教わるよりも、私はエルドさんの見習いになりたいと思った。

それなら、この流れに乗るしかない。

「あのっ、提案があるんですけど」

そう思った私は、この街を見て考えていた一つのアイディアを提案することにした。

「新しい調味料を使って料理の屋台を出したいです！　それを売って、商人として働いてみるのはどうでしょう」

「新しい調味料？」

エルドさんは私の言葉に眉をひそめた。

私はエルドさんを見上げて、テーブルの上で前のめりになった。

「はい！　マヨネーズとかケチャップを作れれば面白いと思うんです！　新しさと美味しさで集客できるんじゃないかなって」

この世界の食事を食べて思ったけど、やっぱり味のバリエーションが少なすぎる。

せっかくなら料理は美味しく食べたいし、いろんな調味料があってもいい。

それに、この世界で前世の私が食べていた調味料を使ったらかなり衝撃を与えられる。

「ん？　マヨネーズ？　ケチャップ？　なんだそれは？」

意気揚々と提案したが、エルドさんはいまいち理解できないような反応をしていた。

そ、そっか。ケチャップもマヨネーズもエルドさんは知らない調味料だよね。

私は少しだけ得意げに続けた。

「マヨネーズは黄色くて卵を使った調味料で――」

だけどそこまで言ったところで、言葉を詰まらせてしまった。

どうしよう、これ以上先のことをうまく説明できない。

味の説明とかならできるけど、そういえば調味料の作り方なんて知らないよ。

だって日本にいれば大抵の調味料はスーパーとかコンビニで手に入るし、作り方なんて調べたことがない。

どうしよう、ただ味を知っているっていうだけじゃ、調味料の再現なんてできないかも。

何かこの場で調べる方法とかないかな……

そう考えていると、目の前にステータスが表示された時のような画面が表示された。

そこには次のような文字が書かれていた。

全知鑑定：マヨネーズの原材料
卵黄、お酢、塩

え、材料が表示されている……もしかして、これが【全知鑑定】っていうスキルの本当の能力？

通常の鑑定だとアイテム、つまり完成品の鑑定しかできないイメージだ。

だけど【全知鑑定】のスキルは、作りたいものを思い浮かべれば、それに必要な材料を『鑑定』してくれるのかも。

ゲームで武器を作る時に、事前に必要な素材が表示されるのに似てる気がする。

この能力があれば、私のいた世界の調味料を作ることもできるかもしれない！

あ……でも、鑑定ができても、その原材料を揃えられなければ意味がないのか。

他にあった私のスキルって、よく分からない【創作魔法】と【アイテムボックス】だけだし、打つ手なしみたい。

結局、手詰まりかぁ。

「はぁ、【創作魔法】っていうスキルで調味料を作れたら簡単なんだけど……」

「『創作魔法』？　有名な伝承のスキルだが、よくそんなの知ってるな」

どうしようもない事態にため息を漏らしていると、エルドさんが意外そうな顔を向けてきた。

「伝承？」

「ああ。昔、【創作魔法】っていう魔法を使えた人がいたって話だ。まぁ、伝承って言うよりもおとぎ話みたいなものだけどな」

さらっと言ったエルドさんの言葉に、私は前のめりになった。

今、すごい重要なことを言われた気がする。

「エルドさん、その話を私に教えてください！」

「あ、ああ。話すのはいいけど、俺も詳しくは知らないぞ」

エルドさんは私の勢いに驚いてから、腕を組んで微かに目を細めた。

「確か、その魔法を使って見たことのない魔法を作ったり、食べるだけで元気が出るような魔法の料理を作ったりしたと言われているな」

つまり【創作魔法】っていうのは、オリジナルの魔法を作ったり、料理を作ったりできるスキルってことかな？

ということは、【創作魔法】のスキルを使えば前世の調味料も作れるんじゃない？

そういえば、異世界系小説ではなんでも作れる主人公が、すごい硬い鉄とかを作っていた気がする。

そうだよ。【創作魔法】のスキルでなんでも作れるなら、原材料が分かってる調味料を作れないはずがないじゃん。

「エルドさん、何か小皿を借りてもいいですか？」

「小皿？　別にいいけど、どうするんだ？」

突然の私のお願いに、エルドさんは首を傾げていた。

私は用意してもらった小皿の前に立って、手のひらを向ける。

そして、頭の中でマヨネーズに必要な原材料、味と触感と香りと舌触りをイメージした。

それから【創作魔法】のスキルを使って、そのイメージを魔力で形成していく。

すると突然、小皿の上が微かに光った。

小皿の上に乗っていたのは……私が日本でよく見ていたマヨネーズだった。

やった！　成功だ！

「で、できた！」

「な、なんだこれは!?」

突然皿の上に現れたマヨネーズを目の当たりにして、エルドさんは困惑していた。

シキも突然現れたマヨネーズを不審がってか、小皿に近づいて匂いを嗅いでいる。

「これはマヨネーズという調味料です。少し舐めてみてください」

私は腰に手を当てて、胸を張ってそう言った。

エルドさんとシキは顔を見合わせた後、マヨネーズに若干びくつきながら、ペロッと舐めた。

「うまっ⁉」

エルドさんは、その味に目を見開く。

「こんな美味しいものを作れるなんて聞いてないぞ、アン」

シキも驚きながら、前足につけたマヨネーズを何度もペロペロと舐めている。

「これが数々の人間の心を奪ってきた魔法の調味料、マヨネーズというやつです」

私はまるで自分が発明でもしたかのように、ふふんっと得意げな顔をした。

まぁ、この世界で作ったのは私なわけだし、多少は自慢してもいいよね？

「ていうか、今どうやって出したんだ？　何もないところから急に出てきたように見えたけど？」

エルドさんは不思議そうな目でマヨネーズが入っている小皿を見ている。

おとぎ話に出てくるような魔法だと言っていたから、一瞬隠しておいた方がいいのかなとも思ったけど、さすがに言い訳のしようがない。

変に誤魔化す方が怪しまれちゃうしね。

それに、エルドさんなら正直に言っても何も問題ないような気がした。

「なんか私、【創作魔法】のスキルが使えるみたいなんです」

「【創作魔法】⁉　A級冒険者並みのレベルがあるだけじゃなくて、そんな能力まで使えるのか⁉」

エルドさんの反応から、私がいろいろと規格外であることが分かった。

ここまできたら、もう他のスキルのことも話しちゃおうかな。

「はい。他にもいろんな調味料を出せると思います。それと、【全知鑑定】と【アイテムボックス】もあります」

「ぜ、【全知鑑定】って……あのスキルって、実在したのかよ。それに【アイテムボックス】まであるのか」

エルドさんはそう言ってから、しばらく絶句して頭を抱えていた。

よほど衝撃だったのか、ずっと難しい顔をして唸っている。

「とにかくエルドさん。商人になって、私と一緒にこのマヨネーズを使った屋台をしませんか？」

私はエルドさんを見上げながら、その手をぎゅっと握った。

多分、前世で使っていた調味料を使えば商人としてかなり稼げる。

せっかくうまくいきそうなら、その喜びはエルドさんと共有したいな。

そう考えてお願いをすると、エルドさんは空いている片手で胸元をキュッと押さえた。

「エルドさん？」

「あ、いや、上目遣いでお願いされると、天使みに拍車がかかるなと思ってな」

「て、天使みってなんですか？」

わけの分からない造語に、私は少しだけ恥ずかしくなった。

故意に上目遣いをしたわけじゃないのにと思っていると、エルドさんは仕切り直すように小さく咳ばらいをした。

「確かに、この調味料を売ればすごい利益が出るだろうな。商人として失敗する未来が見えない」

「いえ、そうではなくて、このマヨネーズを使った料理を売りたいと思ってるんです」

将来的には調味料だけで売るのもいいかもしれない。

でも、賞味期限も分からない今の状態で、市場に出すことはできない。

それなら、料理にその調味料を使ってしまえばいい。

料理として提供するなら、その場で食べるから劣化を気にしないで済む。

調味料だけで売って、家で保管されてるうちに変な菌とか繁殖しちゃっても嫌だしね。

そうなった場合、多分責任を取るのはエルドさんだろうし、恩を仇で返すようなことはしたくない。

私がそんな計画をエルドさんに話し終えると、シキがすくっと立ち上がった。

「アンが屋台をやるなら、食材の調達は俺に任せてもらおう」

シキは尻尾をパタパタさせながら、胸を張っていた。

小皿にあったマヨネーズを綺麗に舐め終えて、その味に興奮しているみたいだ。

どうやらマヨネーズの味が気に入ったらしい。

鼻の先にマヨネーズがついちゃってるのは、ご愛嬌ということで。

「任せるって、そんなツテあるのか？」

エルドさんが首を傾げると、シキは得意げな顔をする。

「ツテなどない。すぐ近くに森があるのだ。ツテなど必要ないだろう」

「なるほど。食材は現地調達ってことか」

エルドさんはシキの言葉に口元を緩めた後、ハッと何かに気付いた様子で声を漏らした。

「現地調達ってことは、原材料費、ほぼゼロなんじゃないか？」

「調味料は私がスキルで作って、料理の材料はシキが取ってくる……売り上げがほぼ全部利益になりますね」

異世界の素材を使いながら、魔法の調味料で前世の味を再現するって、転生者じゃないとできないよね。しかも原材料費はタダ。これは、もしかしてすごい商売スタイルじゃないだろうか。

私もエルドさんも今は少しだけ悪い笑みを浮かべているかも。

エルドさんは咳ばらいをして笑みを引っ込めてから続けた。

「いろいろと驚くことはあるけど、結局はアンの料理の腕次第だよな」

エルドさんはそう言いながらも、私に期待のまなざしを向けていた。

私ならできると信頼してくれたようだ。

よっし、それならその期待に応えないと。

そんな決意をして、私はエルドさんを納得させる料理を作るために、近くの森に食材の調達に向かうことにした。


しばらくして、森の近くを歩きながら会話する。

「食材の調達に来ただけだから、エルドさんは家で待っててくれてもよかったんですけど」

近くの森に行くくらいなら、私一人でも問題ないのに。

「そういうわけにはいかんだろう」

「ああ、アンはどこに行くか分からんからな」

エルドさんもシキもそう言いながら、私の後ろからついてきていた。

死の森までは行かないし、危険はないはずだけどな。

二人とも、私が少し前まで死の森で生活していたことを忘れてないよね？

「それに今後のことも考えて、アンの戦い方を見ておこうと思ってな」

「私の戦い方ですか？」

私はエルドさんを見上げて、首を傾げた。

私の戦い方なんて見てどうするのだろうか？

「あんまり獣すぎる戦い方だと、今後人前で戦う時に、変な目で見られるかもしれないだろう？」

エルドさんは、さらっと当たり前のことを言うみたいにそう言った。

け、獣すぎる戦い方？

……エルドさん、私のこと、なんだと思っているんだろう？

エルドさんはどこからともなく短剣を取り出して、それを鞘《さや》ごと私に手渡した。

「ほら、これ使ってくれ」

「初めて見ました。これが短剣ですか」

短剣を軽く振ってみると、その重さに少し感動する。

異世界系の小説とかでよく出てくるけど、短剣ってこういう感じなんだ。

「いい機会だから、人間らしい戦い方も覚えた方がいいと思ってな。それは俺が昔使っていた短剣だ。使ってくれ」

「私に扱えますかね？」

今までフェンリルとして魔物と戦ってきたので、短剣の使い方なんて知らない。

前世で使ったことのある刃物も包丁くらいだった。

短剣って、どう使うんだろ？

感覚的には今まで素手でやってたのと同じことを、短剣を使ってする感じでいいのかな？

そういえば今までは、ほとんど素手で魔物と戦っていたんだっけ。

……冷静に考えてみて、人間の子供が素手で魔物と戦うってすごい絵面だ。

なんか、自分が本当に人間なのか自信がなくなってきそう。

エルドさんが言っていた、獣すぎる戦い方をしていたのかも。

そんなことを考えていると、シキが体をぴくっとさせた。

「アン、魔物の気配だ。魔力を抑えたかいがあったな」

そう言われて魔物の気配を辿《たど》ると、確かに小さな魔物が私たちの方に向かってきているのが分かった。

私とシキが魔力を抑えないで歩いていると、それだけで魔物たちは寄ってこない。

だからいつも狩りをする時は魔力を抑えて、私たちは普通の魔物のフリをするのだ。

そうすることで、私たちを襲ってくる魔物が釣れるし、目の前を横切る魔物も現れる。

狩りをする時は、こうして相手を騙《だま》すことも必要なのだ。

近づいてくる魔物の気配を感じながら、じっとその魔物が出てくるのを待っていると、私たちの前に鶏をひとまわり大きくしたような魔物がひょっこりと現れた。

「クックバードか。短剣を試すのにはちょうどいいんじゃないか？」

エルドさんの言葉に頷きながら、私はクックバードから目を逸らさずにいた。

「そうかもしれませんね。それじゃあ、今回作るのは鶏料理ですね」

鶏みたいで大人しいクックバードはこちらから危害を与えない限り、攻撃してこない。

初めて狩りをした時の相手もクックバードだったなと思い出しながら、私はゆっくり短剣を鞘から引き抜いた。

えっと、いつも素手で戦ってるみたいに戦う感じで……

「『風爪《かぜつめ》』」

私はいつも戦っていた時みたいに魔法を剣に乗せて、それを飛ばした。

ザシュッ！

飛ぶ斬撃《ざんげき》となった魔法は、一瞬でクックバードを弾《はじ》き飛ばした。

もろに斬撃をくらったクックバードは、そのまま後方に倒れて動かなくなった。

そして、私が剣に乗せた魔法はそのまま後ろにあった木々をなぎ倒していき、倒された木のドシンッという音が森に響きわたった。

「……え？」

エルドさんも驚いてるみたいだし、初めて短剣を使ったにしては悪くないんじゃないの？

「それでは、美味しくいただくことにしましょうか」

「待て待て。なんだ今の魔法は？」

私がクックバードに近づこうとすると、エルドさんが食い気味に私を止めた。

エルドさんが人間らしくというから、短剣に魔法を乗せてみたんだけれど、何かおかしかっただろうか？

エルドさん、少し驚きすぎてない？

「魔法速度、魔法の威力、その他もろもろ。魔法使いが驚くレベルだぞ」

「え、そうなんですか？」

どうやら、幼女どころか一般の魔法使いの力を大幅に上まわっているみたいだった。

もっと幼女らしく力を抑えないとダメみたい。

確かに、今の威力の魔法を使う幼女がいたら怖いよね。

体に染みついた動きが反射的に出てしまうから、他の人がいる前では気をつけないと。

「アン、これから少しずつ人間らしい戦い方を学んでいこうな」

「人間らしく、ですか」

エルドさんに頭を撫でられながら、私はなんとも言えない気分になった。

おかしいな。私も人間のはずなのに。

そんな感じで、私は少しだけエルドさんに人間らしい戦い方をレクチャーしてもらうことになったのだった。

「シキ、食材は任せてくれって言ってたな」

「ああ。これだけあれば十分だろう？」

エルドさんに普通の冒険者としての戦い方を教わっている間、シキは暇を持て余したらしく、食料を取ってくると言ってしばらく姿を消していた。

そして、帰ってきたシキは大きな獲物を咥えていた。

数種類の色をした羽毛と、発達した足の筋肉が特徴的で、鶏サイズのクックバードと違い、エルドさんのふたまわり以上大きな鳥型の魔物だ。

その魔物は死の森付近で見られる大型の魔物の中でも、好んで食べていた魔物だった。

「あ、イャンバードだ！」

「ああ、やはり鳥と言えばイャンバードだろう」

よく食べていた魔物の登場に心躍らせる私たちに対して、エルドさんは引き気味に目を細める。

「いや、やっぱりってほど定番ではないだろ。かなり高ランクの魔物だぞ、そいつ」

そんなことを言いつつも、エルドさんは私のウキウキした表情を見て笑っていた。

「そんなにイャンバードが好きなんだな、アンは」

「はい！　よく倒して食べてました！」

「よく食べて……道理でアンのレベルが高いわけだ」

エルドさんは頷いてから、シキが地面に置いたイャンバードを見た。

「これだけ大きな魔物となると、持って帰るのもひと苦労だろうな。料理器具を持ってきて正解だった」

「そうですね。せっかくですから、持ち帰るのはクックバードにして、イャンバードはここで食べていきましょう」

「ああ、そうしよう。解体は任せてくれ」

エルドさんはそう言うと、イャンバードの解体を買って出てくれた。
うん、解体はエルドさんにお願いしよう。
私は綺麗に食べられる自信はあるけど、綺麗に解体できる自信はないし。
「それでは、俺はもうひと狩りしてこよう」
そう言うと、シキはまたフラッと森の奥へと歩いていった。
「じゃあ、私は他の支度をしておこうかな」
とりあえず肉を焼かないとだから、火を焚《た》くために薪《まき》とか小枝を集めてこよう。
後は、どんな料理を作るか決めないと。
せっかくマヨネーズを作るのだから、マヨネーズが活きる料理にしたい。
イャンバードも鶏みたいな味だ。
鶏肉のマヨネーズ料理……うーん、すぐには思いつかないなぁ。
そんな風に頭を悩ませていると、昨日食べた鶏肉料理を思い出した。
鶏肉を薄切りにして塩をかけただけのシンプルな料理。
あれにマヨネーズをかけてみる？
ただマヨネーズをかけるだけでも美味しいだろうけど、何か足りない気がする。
「あっ！　あの料理を再現できるかな？」
私は前世で食べたあの料理を思い出した。

少し味は違っちゃうけど、やってみてもいいよね。

そう考えた私は、小枝の他にもいろいろと必要なものを揃えるために辺りを見渡して、森の中を散策した。

そして私はエルドさんの解体作業を待ちながら、着々と料理の準備をした。


しばらくすると解体を終えたエルドさんがひょっこり顔を出した。

「おー、俺が解体しているうちにすごいものができてるな」

「ふふっ。まぁ、簡単なものですけどね」

エルドさんは私が石で作った簡易的な調理場を見て驚いていた。

大きな石を石焼きプレート代わりにして食材を焼けるように、小石を積んで段を作って、そこに薪を入れるようにしたものだ。

簡易的ではあるが、なかなか悪くない出来である。

「でも、なんでアンは濡れてるんだ？」

水を頭からかぶってしまった私をエルドさんは不思議そうに見ている。

別にふざけて濡れているわけではない。

私が濡れているのには、ちゃんとした理由があるのだ。

石焼きプレートを洗おうとした時、魔力を抑えようと意識しすぎたら、ホースの先を潰したような感じで水が出た。

その結果、すさまじい勢いの水が出て、石にはね返ったその水をもろに浴びてしまったのだ。

「普通の人間っぽく魔法を使おうとしたら、制御を間違えました」

「俺が人間っぽくしろと意識させすぎたかもな……なんか、すまん」

なんかあれだなぁ、人間って難しい。

私が濡れたままでいると、それを見かねたエルドさんがタオルを私の頭にかけてくれた。

そしてエルドさんは私の近くに腰を下ろすと、わしゃわしゃと頭を拭いた。

その力加減が心地よくて、私は思わず目を細めてしまった。

……なんか飼い主に体を拭かれているワンちゃんの気分だ。

私の髪の水分を拭き取ったエルドさんは、眉を下げながら口元を緩めた。

私を心配している優しさに、心が温かくなるのを感じた。

「それで、アンはどんな料理を作るんだ？」

そう言われて、私はエルドさんが解体したお肉を見た。

結構量が多いみたいだし、考えていた簡単な料理がいいかな。

「ケバブです。まぁ、ケバブもどきって感じになりそうですけど」

「ケバブ？」

エルドさんは初めて聞いた単語に首を傾げた。

私はエルドさんの反応を見て、得意になって言葉を続けた。

「私の前世で食べていた料理です。可能な限り近づけてみせるので、期待していてください」

「前世で食べていた料理……前世、か」

エルドさんは真剣な表情で呟くと、私をじっと見た。

そして顎に手を置いてしばらく考えてから、短く息を吐いた。

「どうやら、前世の記憶があるというのは本当みたいだな」

「どうやらって……もしかして、疑ってました？」

「急に前世の話をされて飲み込めるはずがないだろう？　まぁ、六、七割は信じてはいたけど」

ということは、数割は私の言ったことを信じてなかったんだ。

私は不満から頬を膨らました。

だから私が前世の話をした時、エルドさんは深く聞いてこなかったのか。

「べ、別に疑っていたわけじゃないぞ？　子供にしては、態度とか言葉遣いが大人っぽいとは思っていたし」

エルドさんは怒ってる私を宥めるようにそう言ってから、誤魔化すように笑った。

体が子供だから自然と幼女としてそれなりの振る舞いになると思っていたんだけど、言動が子供らしくなかったらしい。

「私って、子供っぽさが足りてないですかね？」

「大人っぽいは褒め言葉だ。そのままでいいと思うぞ」

エルドさんは私が拗《す》ねていると思ったのか、優しい笑みを浮かべながら私の頭を撫でた。

エルドさんに撫でられて、私は心地よくなって自然と目を細めてしまう。

そんな私を見て、エルドさんは吹き出すように笑った。

「いや、大人っぽいは訂正だな。こうして撫でてると、子供って感じがするぞ」

「私も子犬気分になりますよ」

そう言いながら、時折エルドさんの手に自ら頭を擦りつけ、私は少しの間エルドさんに甘やかされていた。

そうして、前世の話をする前よりもご機嫌《きげん》になった私は、料理を再開することにしたのだった。


さて、ここからは料理の時間だ。

料理ができないエルドさんが炎魔法で火をつけくれたので、火を起こすのに困ることはなかった。

そして料理は私に一任された。

初めてこの世界の人に料理を振る舞うということもあって、少しだけ緊張するけど、頑張っていきますか。

私はよっしと自分を鼓舞してから、簡易的な調理場に立った。

まず、石焼きプレートが温まってきたのを確認して、森に来る前に買っておいた油を石に垂らす。

石を油で熱した後、薄切りにしておいたイャンバードとクックバードのお肉を並べて焼いていく。

事前に少々の塩で味つけをしているので、このまま食べてもいいけれど、それだと市場に売っていた料理と変わらない。

なので、ここでひと工夫。

焼き上がったお肉を重ねて、ケバブの肉の大きさにカットして、よく石の上で焼くこと数分。

出来上がったお肉をお皿の上に盛りつけて、仕上げのソースを作る。

「ええっと、ケバブソースって少し辛《から》かったよね？」

昔好きだったケバブソースは、今の私の口には辛くて刺激的すぎる気がする。

もっと子供にも食べやすい味にしよう。

そういえば、ファミレスとかのポテトってマヨネーズとケチャップを一緒にもらえるんだよね。

あの二つを混ぜるとケバブソースと似たような味だし、目指してみようかな。

いや、というか、ケチャップとマヨネーズを混ぜて辛さを控えめにしたら、ほぼオーロラソースでは？

「マヨネーズは作れたから、ケチャップもあればオーロラソースもできるよね？」

そう考えて、私は【全知鑑定】を使ってケチャップを鑑定してみる。

すると、目の前に画面が出てきて、鑑定結果が表示された。

全知鑑定：ケチャップの原材料
　トマト、玉ねぎ、にんにく、お酢、砂糖、塩、唐辛子《とうがらし》

お、多いな原材料。

ケチャップって意外といろんなものが入ってるんだ。知らなかった。

マヨネーズは原材料が少なかったからできたけど、これだけ多くの原材料を使ったものでも作れるのかな？

少し不安ではあるけど、ちょっと頑張ってみよう。

そう思った私は、原材料を確認しながら【創作魔法】を使ってケチャップを作ってみることにした。

想像するのはケチャップの原材料と味と香りと舌触り。

それらを想像しながら、小皿に向かって手のひらを向けて【創作魔法】を使う。

すると、小皿が微かに光った。

覗いてみると、そこには前世でよく見たケチャップとよく似た調味料があった。

指の先でそのソースを軽く取って舐めてみると、口の中に広がったのは私が知っているケチャップの味だった。

「うん、ケチャップも成功っと。後は、マヨネーズも作れば完成かな？」

私は同じ要領でマヨネーズも用意すると、それらを焼き上がったお肉の上にかけた。

初めからマヨネーズとケチャップを混ぜてオーロラソースを作るのもいい。

でも、せっかくだから二つの調味料をそれぞれ堪能してもらいたいし、あえて混ぜないで別々にかけよう。

少し量が多いんじゃないかというくらいに作ったソースをかけて、完成。

名付けて、『ケバブ風焼き鳥』だ。

「どれ、味見をしてみますか」

私はマヨネーズとケチャップのかかっているお肉を一切れ口に運んだ。

「んんっ、これはなかなかっ！」

口の中にはジューシーな肉汁が広がり、その味を引き立てる塩気の塩梅《あんばい》がちょうどいい。

そこにマヨネーズとケチャップをぶっかけたジャンキーさが加わって、早く次のお肉をかき込めと本能に急かされるような味だ。

「……うますぎるのでは？」

「おっ、先に食べてたのか」

私が頬を押さえて美味しさに感動していると、調理場をひょっこり覗いたエルドさんと目が合った。

「なんだ、やけにうまそうに食べているな。ん？　また知らない色のソースがかかってるな」

「はい。これはケチャップっていうソースです。ケチャップだけでも美味しいんですけど、私的にはマヨネーズも一緒の方が好きでして」

エルドさんはじっと私の作った料理を見て、生唾を飲み込んだ。

どうやらエルドさんは初めて見るケチャップにも興味津々らしく、お肉を見つめてソワソワしているようだった。

私がお肉を盛りつけたお皿をエルドさんに渡すと、エルドさんはソースのかかったお肉を一切れ口に運んだ。

「……うまいな！　なんだこれは！」

エルドさんはマヨネーズとケチャップの味に感動したらしく、次々とお肉を口の中に運んでいった。

すごい美味しそうに食べてるな、エルドさん。

確かに、初めてマヨネーズとケチャップを食べた時の衝撃は、私も同じだったかもしれない。

塩で味つけしたものしか食べてきていない人からしたら、かなり衝撃を受けるだろう。

「なんだ、もう料理ができていたのか」

「シキ！　アンの料理、かなりうまいぞ！」

再びイャンバードを口に咥えて帰ってきたシキに突っ込むことなく、エルドさんは私の料理に夢中になっていた。

さっきまで高ランクの魔物だろうと言って引いていたのに、今は私の料理の方が気になるみたいだ。

ここまで美味しそうに食べてもらえると、私としても作ったかいがある。

シキは狩ってきたイャンバードを地面に置いて、鼻をひくひくとさせながら、こちらにやってきた。

「シキのはそっちにあるからね」

「おお、これはうまそうだ」

シキは大盛りのケバブ風焼き鳥を見てそう言うと、豪快にかぶりついた。

「……これは⁉　アン、なぜこんな美味しいものが作れるのに、ずっと黙っていたんだ⁉」

どうやらシキも、お肉にかけたソースを気に入ったらしい。

一心不乱でケバブ風焼き鳥を食べて、口についたソースまで舐め取っていた。

どうやら、私の料理はかなり好評みたいだ。

二人があまりにも美味しそうに食べているので、私もそれに釣られて、またケバブ風焼き鳥を口に運んだ。

その美味しさに感動を覚えながら、私も二人に倣《なら》ってケバブ風焼き鳥をかき込むのだった。

そんな風に黙々と食べ進めていくと、食べきれるかどうか分からないくらいの量があったケバブ風焼き鳥は見る見るうちに減っていった。

エルドさんとシキのおかげで無事完食することができそうだ。
「ん？　うまいものを食べたせいか、元気が出てきた気がするな！」
ふいにエルドさんはそう言うと、首を傾げて肩を回していた。
確かに、美味しい料理を食べると心も軽くなることがあるけどね。
そう思って、私はくすっと笑った。
しかし、エルドさんはただの比喩表現で言ったわけではないみたいだった。
「ふむ。回復魔法に近い魔力を感じるな。アンよ、料理に何かしたのか？」
シキはそう言うと、じっと料理を見つめた。
あれ？　シキもエルドさんみたいなこと言ってる。
「回復魔法？　いや、そんなことしてないけど」
私は身に覚えがないので首を横に振った。
しかし、シキは「そんなはずはない」と言って折れる素振りを見せない。
そんなこと言われても、何もしてないもんなぁ。
ただお肉を焼いて、調味料をかけただけだし、特別なことはしていない。
あれ、待って。
調味料は私が魔法で作ったわけだし、実は特別なのかな？
そう考えて、私はまだ残っていたマヨネーズとケチャップをじっと見た。

するとに【全知鑑定】が勝手に発動したらしく、突然画面が現れて、鑑定の結果が表示された。

全知鑑定：魔法のマヨネーズ
日本のマヨネーズを模して作ったもの
付与効果『治癒魔法・小』

全知鑑定：魔法のケチャップ
日本のケチャップを模して作ったもの
付与効果『治癒魔法・小』

「え、『治癒魔法』……？」

ただのマヨネーズとケチャップを作っただけのつもりだったのに、『魔法の』と名前が付いており、かけた覚えのない『治癒魔法』という魔法が付与されていた。

思いもしなかった事態に固まっていると、私の異変に気付いた二人がこちらに視線を向けていた。

私はその視線に耐えかねて、ちらっと二人を見る。

「知らないうちに治癒魔法が付与されていたみたい」

「『治癒魔法』!?」

エルドさんは目を見開いて驚く。

「は、はい」

あれ？　もしかして、何かマズいことしちゃった感じ？

「あっ、いや、別にアンが何か悪いことをしたとかではないんだ。驚かせたなら、ごめんな」

私が体をびくんっとさせたのを気にしたのか、エルドさんは申し訳なさそうに眉をハの字にした。

私が大丈夫ですよと告げると、エルドさんは胸を撫で下ろした。

「治癒魔法は怪我だけでなく、毒や病気も治す万能の魔法なんだ。使える者も限られている魔法だから、アンが使えるってことに驚いてしまってな」

なるほど。だから、エルドさんはすごく驚いたのか。

まさか、治癒魔法がそんなすごい魔法だとは思わなかった。

「ええっと、つまりさっき食べたのは、美味しくて健康にもなる料理ってことですか？」

「まぁ、そうなるな。いや、それどころじゃない気もするけど」

ケバブというジャンキーな食べもので健康になれるって、かなり最高なのでは？

でも、なんでマヨネーズとケチャップにそんな魔法が付与されたのだろう？

考えてみたけど、まるで理由が分からない。

だって、ただ原材料をイメージして魔法で調味料を作っただけで……

あれ？　もしかして、それが原因？

今回の調味料は、原材料を集めないで、私の【創作魔法】を使ってマヨネーズとケチャップを作った。

ということは、私の魔力が原材料ということになる。

魔力を食べるなんて聞いたことないし、もしかしたら、他人の魔力を食べたら体調を崩すのかもしれない。

だから害のない形にするため、勝手に治癒魔法という形で料理に付与されたのかもしれない。

仮説でしかないけれど、それに近いことが起きたと考えれば、治癒魔法が付与されたことにも合点がいく。

料理は愛情を込めるのが大事とは聞くけど、まさか愛情ではなくて治癒魔法が込められた料理ができるなんて。【創作魔法】って本当にすごい魔法みたい。

「もしかしたら、伝承にあった元気が出る料理って治癒魔法の効果だったのかもな」

「あっ、【創作魔法】の伝承ですね」

そう言われて、以前に聞いた【創作魔法】の伝承を思い出した。

確か、見たことのない魔法を作ったり、食べるだけで元気が出るような魔法の料理を作ったりしたと言われているらしい。

ということは、伝承にあった元気が出る料理の正体って、魔法の調味料が使われた料理のこと？

そう伝承の真実を予想し、私は治癒魔法が付与されたことについて納得した。

「……何かが近づいてきているな」

「あ、本当だ」

急にシキにそう言われて【魔力感知】のスキルを使うと、確かに魔力を感じた。

森の奥にある小さな魔力だ。

シキは面倒くさそうに立ち上がり、私とエルドさんも戦えるように構えた。

何が出てくるか分からないから、用心しないと。

すると、近くにあった木々がガサッと動いて、十歳前後の少年がひょっこりと顔を覗かせた。

砂埃まみれの少年は、肩で息をしており、シキを見た後に安堵《あんど》のため息を漏らした。

「はぁ、はぁ、やっと見つけましたよ……あれ？」

その少年はシキの隣にいる私とエルドさんを見て首を傾げた。

どうやら用事があるのは私とエルドさんにではなく、シキの方みたいだ。

え、シキの知り合い？

シキに私たち以外の人間の知り合いなんているの？

そう思ってシキを見ると、シキは何かを思い出したような声を漏らす。

そして少年に鋭い牙《きば》を見せつけて唸り始めた。

あれ？　知り合いって感じでもないの？

「貴様は、俺がイャンバードを仕留めた時に近くにいた人間か。なんの用だ？　俺の獲物を奪いにでも来たのか？」

シキが威嚇しながらそう言うと、少年は慌てたように手を横にぶんぶんと振る。

「ち、違いますよ！　命を助けてもらったから、そのお礼を言いに来たんですってば！」

「命を助けた？　シキ、この子の命を助けたのか？」

素《す》っ頓狂《とんきょう》な声を上げたエルドさんは、意外そうな目でシキを見ている。

まさか、私の知らないところでシキが子供を助けていたとは。

私もエルドさんと同じような表情をシキに向けると、シキはぷいっと顔を背けた。

「知らん。ただ俺はイャンバードを仕留めただけだ」

「そんなことないですって！　俺が襲われてたのを助けてくれたじゃないですか！」

必死な少年に対して、シキはそっけない。

なるほど、どうやら二人の間でその出来事に対する感覚の違いがあるみたいだ。

おそらく、シキは無自覚で少年を助けたのだろう。

そして、少年はわざわざそのお礼を言うために、森の中を探していた感じかな？

エルドさんも同じように考えたのか、私と目が合うと小さく頷いた。

とりあえず、悪い子ではないみたい。

そう考えていると、急に腹の虫の音が聞こえてきた。

長く大きな音がする方に目を向けると、少年が顔を赤くして恥ずかしそうにしている。

「……すみません、すごくいい匂いがしてきたので、つい」

「えっと、とりあえず、ご飯食べますか？」

幸いなことに、作りすぎていたケバブ風焼き鳥はまだ残っている。

なぜ少年が一人で森の中にいたのか、その理由についても少し気になったし、一緒に食事をするのも悪くはないでしょ。

私がそう提案をすると、少年は遠慮がちに躊躇《ためら》いながら小さく頷いた。

どうやら、食欲に負けたらしい。

第六話　少年の夢

「お、美味しい！　こんな美味しいものは初めて食べましたよ！」

腹を空かせていた俺――オルタは、エルドさんという冒険者がくれたご飯を食べさせてもらっていた。

そしてその料理の美味しさに、俺はひどく感動した。

香ばしい肉の上にかけられた未知のソースは、一瞬で俺の胃袋を掴んだ。

なんだこのうまいソースは！

たった一口食べただけなのに、食欲を煽ってくる中毒性のある黄色のソース。

そして甘みと少しの酸味のある赤いソース。

それらが口の中で混ざり合うことで、また別のソースみたいな味わいになる。

口に放り込むほど、その味の虜《とりこ》にされていく。

そして気が付けば、俺は料理をかき込んでいた。

「冒険者にしては幼い気がするな」

エルドさんが俺のことをじっと見ながら呟いた。

これだけの料理を作れるのに、なんで冒険者をやっているんだ？

そう思いながら、俺は口の中のものを飲み込んでからエルドさんを見た。

「あっ、俺は冒険者見習いです。オルタって言います」

「見習い？　なんで見習いが一人でいるんだ？　それにイャンバードなんて、見習いがどうこうできる魔物じゃないだろ？」

「えっと、いろいろとありまして……」

そう言われた俺は、苦笑いと共に顔を逸らした。

そう、本来は冒険者見習いは、一人で狩りをするようなことはない。

俺があんな場所にいたのには、それなりの事情があるのだ。

「オルタさん、できたら少し理由を話してくれませんか？　私もこれからエルドさんの見習いに登録をする身として、見習いがどんなものなのか知りたいです」

俺の正面に座るアンという幼い女の子は、そう言ってじっとこっちを見つめてきた。

……なんだこの可愛いすぎる子は。

本気でそう考えてしまうほど、アンの容姿は可愛らしいものだった。

俺とは歳が離れているので、恋愛対象として見ることはないが、これだけ整った容姿をしていたら、同世代の男子たちが取り合いしそうだな。

いや、逆に可愛すぎて手を出せないかもしれないな、このレベルは。

それにしても、俺よりもずいぶん幼く見えるが、この子も見習いになるのか。

そう思うと、不思議と親近感が湧いてきた。

「別にいいけど、あんまり参考にはならないんじゃないかな」

そう言いながら、俺はちらりとエルドさんを見た。

エルドさんの見習いになるということは、この子は将来冒険者になるのか?

これだけ可愛い子が、体に傷を作りやすい冒険者を目指す理由、なんなんだろう。

俺はむむっと考えてから、視線をアンに戻した。

もしもアンとエルドさんの関係が、俺と父さんのような関係だったら、アンにも参考になる部分があるかもしれないな。

そう考えた俺は、少しだけ身の上話をすることにした。

「面白い話じゃないけどさ」

そう前置きをしてから、俺は言葉を続けた。

◇

俺の父さんは、地元では有名な冒険者だった。

父さんは寡黙《かもく》な人で、普段から何を考えているのかあまり分からない人だ。

日々鍛錬に励んだり、大きな獲物を担いで帰ってきたりする父さんの姿は、周りからも一目置かれていた。

そんな冒険者として有名な父親を持ったことで、周囲も俺が冒険者を目指すと思っていたらしく、俺は冒険者見習いとしてギルドに登録された。

多分周りは、俺が父さんが狩ってきた獲物を見て、子供の俺もその勇敢な姿に憧れたと勘違いしたのだろう。

……本当は、狩ってきた獲物を料理することが嬉しかったんだけどな。

誰にも言えない俺の将来の夢は、冒険者ではなく料理人だった。

けれど、幼少期から冒険者になることを期待されていて、俺は自分の夢をそっと諦めることしかできなかった。

もしかしたら、冒険者としてのセンスが壊滅的だったら料理人になれるかも、と微かな希望を抱くこともあった。

しかし、現実はそんなにうまくいかなかった。

俺には冒険者としてのセンスがある程度あったのだ。

冒険者見習いとしては十分な依頼をこなして、将来は有望な冒険者になるだろうとまで言われてた。

そんな状況で、冒険者にならないなんて言えるはずがなかった。


そのまま数年の月日が過ぎていき、そろそろ見習いの期間が終わろうとしていた。

見習いから正式な冒険者になる日が近づいてきたのだ。

そのせいか、その頃になると、幼少期の自分が語りかけてくるようになった。

『本当に夢を諦めていいの？』

無垢な瞳で首を傾げている幼い頃の自分。

それは心の中にずっといる、もう一人の自分だった。

夢を諦めていいわけがない。

それでも、仕方がないことだってある。

俺は自分にそう言い聞かせて、残りの見習いとしての期間を過ごしていった。

そんな時、父さんから少し難易度の高い依頼を一人でこなすようにと言われた。

本来、見習いは一人で依頼はやらない。

でも見習いを終える頃に、テストとして一人で依頼をやらされる子も少なくはなかった。

通過儀礼みたいなもので、ギルドもそれを容認している。

難易度が高いと言っても、冒険者見習いでも達成できる程度の魔物の討伐だった。

……テストを行うには少し時期が早いよな。

それに最近、基礎的なミスが多くなった。

どうしても幼少期の自分がちらついて、依頼に集中できないせいだろう。

もしかしたら、父さんは俺の邪念を感じ取ったのかもしれない。

一人で魔物と対峙して邪念を払ってこい、というメッセージだろう。

そう思った俺は、手こずりながらも、なんとか指定された魔物を倒すことができた。

そしてその素材を解体しようとしていた時、突然、俺の目の前にイャンバードが現れた。

やばい、殺される。

普段は見ない高ランクの魔物を前にして、俺は足を震わせながらなんとか逃げ出した。

しかし、すぐに足を引っかけて転んでしまった。

大きな音を立ててしまった俺は、すぐにイャンバードに居場所がバレてしまった。

一気に距離を詰められて、そのまま襲われそうになった。

もうだめだ。

そう覚悟した時、イャンバードが勢いよく横に吹っ飛ばされた。

え？　一体、何が起きたんだ？

強くぐっと閉じた目を開けると、そこには銀色に輝く毛並みをした魔物がいた。

……綺麗だ。

その姿はあまりにも神々しくて、俺はしばらく見とれていた。

そうしているうちに、銀色に輝く魔物はイャンバードを咥えて、その場から去っていったのだった。

俺はいなくなってしまった魔物を追うことにした。

まだ助けてもらったお礼を言えていない。

そんな思いから、俺は森の中を探しまわった。

その結果、今こうして俺を助けてくれた魔物――シキさんと、その仲間であるエルドさんとアンに出会うことになったのだ。

◇

俺がひと通り話し終えると、エルドさんはふむと頷いた。

「なるほどな。シキが通りかからなかったら、大変なことになっていたのか」

「はい。すぐに目の前からいなくなったので、少し焦りましたけど」

俺はやっと見つけた、シキと呼ばれている銀色の魔物を見る。

冒険者と一緒にいるなら、シキさんは従魔ってことだよな？

多分、エルドさんの従魔なんだろうけど、イャンバードを簡単に倒す魔物を従魔にするって、この人、かなり強いんじゃないか？

エルドさんは俺の話を聞いてから、ちらっとシキさんを見た。

しかし、シキさんはこちらを気にする素振りすら見せず、ひたすら肉を食べていた。

「助けたつもりなどないから、礼などいらん。アン、それよりもおかわりはまだあるか？」

シキさんは尻尾をパタパタさせて、ご機嫌そうだった。

どうやら俺の身の上話よりも、肉のおかわりの有無の方に興味があるらしい。

俺の話を静かに聞いていたアンは何かを言おうとしたが、シキさんにおかわりを催促されて、すくっと立ち上がった。

「うん、あるよ。エルドさんとオルタさんも食べますか？」

「おお、頼む」

エルドさんが笑顔でおかわりを頼んだのを見て、俺も続く。

「じゃあ、俺もお願いしていい？」

この場に飛び入り参加したのにおかわりをするのもどうかと思ったけど、この料理は遠慮ができなくなるくらい美味しい。

次はいつ食べられるか分からないしな。

図々しいと思いながらも、俺はおかわりをお願いして、新しく盛りつけられた料理を堪能していた。

本当にうまいな、これは。

「どうだ？　アンの作った飯はうまいだろ？」

「アンが作った？　……え⁉」

料理を頬張っていた俺は、言葉の意味が分からずに数秒フリーズしてしまった。

六歳くらいの女の子がこんな美味しい料理を作ったと言われれば、誰でもそうなるだろう。

「え、これって、エルドさんが作ったんじゃないんですか？」

「作れるわけないだろ。俺は冒険者だぞ」

「そう、ですけど」

さらっとそう言われても、未だに頭が追いつかない。

アンが再び俺の正面に座り直したのを見て、俺は呟く。

「……すごいんだな、アンは」

「そうですか？」

首をこてんと傾げたアンは、なんで褒められたのか分かっていないようだ。

こんなに美味しい料理を作ったというのに、大したことをしていないような顔をしている。

アンにとっては、これが普通なのか？

言葉を失っていると、アンは俺をじっと見つめている。

「さっきの話の続きですけど、オルタさんの料理人になる夢、お父さんは知ってるんですか？」

さっきアンがおかわりを催促された時に何か言いたそうにしていたのは、このことを聞こうとしていたのか。

そう思った俺は、首を横に振ってから続ける。

「父さんは知らないよ。ただでさえ何考えてるのか分からないしな……多分、そんなこと話したら、殺されるんじゃないか？」

父さんとちゃんと話をした記憶はあまりない。

父さんはいつも筋骨隆々な体で黙々と魔物を狩っていく。普段は物静かということもあって、戦う時の荒々しさとのギャップが怖いのだ。

だから、父さんとは少し距離を取ってしまっている。

見習いとして一緒に森に入ることはあるけど、必要最低限の会話しかしない。

「多分、お父さんとちゃんと話した方がいいですよ」

アンに諭《さと》すように言われて、俺はふいっと顔を背けた。

年下の子に正論を言われて、情けなく思った。

「いや、もう遅いって。いいんだよ。料理人になるなんてのは、ただの夢で終わって」

両親に自分の本当の夢も伝えられず逃げている俺に、夢を追う資格などない。

それに、なりたいものと実際になれる職業は違うと聞いたことがある。

俺の場合はもろにそのパターンなんじゃないかと思う。

血筋的にも冒険者の方が合っているのだ。

俺が自嘲気味に笑みを浮かべると、アンが呆れるようにため息をついた。

「オルタさん、私たちはまだ子供ですよ？」

「え？　ああ、そうだけど……」

当たり前のことを言っているのに、どこか引っかかるアンの言葉。

それに釣られてアンを見ると、得意げな笑みを浮かべていた。

「まだ何者でもない私たちは、何者にでもなれるんじゃないですか？　……なんて」

少しおどけたようなアンの言葉。

しかしその言葉は、俺の胸に深く刺さった。

ハッとした俺の耳に、アンの料理を絶賛するエルドさんとシキさんの声が聞こえてきた。

その声の方に目を向けて、目を見開いた。

一口食べるごとに、嬉しそうな、楽しそうな表情が浮かぶ食事風景。

種族など関係なく、ただ料理の美味しさを楽しんでいるその光景から、俺は目を離せなくなった。

自分の作った料理で、こんな風に周りの人たちを笑顔にできたら。

父さんが狩ってきた魔物を母さんが料理して、それを家族みんなで食べている時に見た楽しかった時と同じ光景だ。

その光景の中心にあった料理の存在の大きさを知って、俺は料理人になりたいと思ったんだ。

そして今、目の前でその光景を実現している女の子がいた。

こんな小さな子にもできるのなら、俺だって……

『遅くないよ』

幼い無垢な顔をした子供の俺がそんなことを言っている気がして、トンッと背中を押された気持ちになった。

「……ありがとうな、アン」

俺は短く呟いた。

アンは俺の表情から何かを察したように、小さく笑っていた。

本当に俺よりも年下なのか、この子？

どう考えても年上にしか思えない幼女のアドバイスを胸に、俺は少しだけ前を向いてみることにした。

ここまでしてもらって、父さんにビビッて夢を語れないんじゃ男が廃《すた》る。

俺はアンたちにお別れを言ってから、父さんに本当の夢を伝えるために一人で森を降りた。

多分、反対されるし、もしかしたら殴られるかもしれない。

そんなことを考えながらも、俺は止まることができなくなっていた。

気が付いた時には息を切らしながら走りだしていて、俺は勢いをそのままに、家に着くなり玄関で料理人になりたい夢があることを父さんに伝えた。

そして、父さんから返ってきた言葉はと言うと——

「ああ、知っていたぞ」

「……え？」

思いもしなかった返答だった。

知っていた？

え、どういうことだ？

何を言われてもいいようにと考えたはずの反論の内容は散り散りに飛んでいき、俺は父さんの予想外の反応にフリーズしてしまった。

「隠れて料理をしていたことも知っている。お前が作った料理がたまに食卓に並んでいたこともな」

「え、え？　じゃあ、なんで俺を冒険者見習いなんかにしたんだ？」

隠していたはずなのに、全部バレていた。

それなら、初めから商人見習いとして、ギルドに登録すればよかったのに。料理人として働く場合は、商人ギルドに登録が必要になるんだから。

俺がそう言うと、父さんはため息を漏らして腕を組んだ。

「自分のしたいことも言えないような弱い心では、この先が心配だったからだ」

当たり前のようにそう言ってから、父さんは続ける。

「強くなってほしかったのは、体じゃない。心の方だったんだ」

まっすぐ俺を見つめてから、そう言って父さんは目を細めた。

それが笑顔だと分かるまで、数秒かかった。

「強くなったみたいだな、オルタ」

がっしりと肩に手を置かれ、その温かさで俺の視界がぼやけた。

「あ、あれ？　なん、で」

いつの間にか俺の頬には一筋の涙が伝っていた。

魔物を倒しても、体が大きくなっても、父さんに強くなったなと言われたことはなかった。

それもそのはずだ。

初めから父さんが見ていたのは、俺の心の方だったのだから。

……いや、不器用すぎるだろ、父さん。

言わなきゃ分からないって、さすがに。

でも、父さんの意図に気付かないで、本気で冒険者になろうとしていた俺も同じくらい不器用なのだろう。

涙でぼやけていく景色の中で、幼い自分の姿が見えた気がした。

『やった！　料理人になれるじゃん！』

馬鹿、これからだろ。

幼い自分に無邪気に喜ぶ笑顔を向けられて、俺は心の中でツッコむ。

それと同時に、今日のアンたちとの出会いに深く感謝した。

背中を押してくれたことや、父さんとのすれ違いを気付かせてくれたこと。

そして、俺と父さんが不器用だって気付くきっかけをくれたこと。

どれだけ感謝してもしきれない。

……今度アンたちに会うことがあったら、俺の料理も食べてもらいたいな。

そのためには、アンに匹敵するくらいに料理の腕を上げないとな。

アンたちには、気長に待っていてほしい。

絶対、いつかアンを唸らすような料理を作ってみせるから。

難しいかもしれないけど、それくらいできるようにならないとダメだろ？

だって俺は料理人になる男だから。

心が強くなって自信を持てた俺は、笑みを浮かべて、そんなことを思うのだった。

第七話　商人ギルドと屋台

「……商人ギルド。まぁ、アンが登録するならこっちだよな」

シキが森で助けたオルタさんの出会いから数日後、私たちは商人ギルドにやってきていた。

あの後、オルタさんがお父さんとどうなったのか。

それは分からないけれど、最後に私たちに向けた顔はいろいろと覚悟が決まったような顔をしていたし、問題ないんじゃないかなって思う。

そして、今度は私の番だ。

満場一致で、私の作ったケバブ風焼き鳥は売れるという話になり、屋台デビューするためにギルドに来た。

異世界のギルドにしては落ち着いている。

建物に入って初めに思ったことはそれだった。

異世界転生もののギルドというと、主人公が騒動に巻き込まれる場所という騒がしいイメージがあったけど、ここは違うみたい。

ここが商人ギルドだからかな？

もしかしたら、冒険者ギルドだったら雰囲気も違うのかも。

エルドさんは私を連れてカウンターに向かうと、私の体を持ち上げて、カウンターにいるギルド職員のお姉さんの顔が見えるようにしてくれた。

私と目が合ったお姉さんは可愛い子犬を見たかのように、きゃあっと声を上げた。

「可愛い！　すごく可愛い子と……え、エルドさん？　なんでこんな天使みたいな子がエルドさんと一緒に？」

お姉さんはエルドさんを見て首を傾げている。

「ギルドの登録に来たんだよ」

しばらくむむっと考え込んでから、お姉さんは続けた。

「ここは、商人ギルドですけど？」

「知ってるっての。この子は商人見習い、俺は商人として登録してくれ」

「え？　エルドさんが商人ギルドに登録するんですか？」

お姉さんは聞き間違いでもしたかのような怪訝《けげん》な顔をしていた。

冒険者が商人の登録をするって、珍しいのかな？

エルドさんは一瞬何か言おうとしていたが、ぐっと堪えて目を細めた。

「……何か問題が？」

「い、いえ、そういうわけではないんですけどね。え、えーと、こちらの書類に必要事項の記入をお願いします」

エルドさんはお姉さんに少し不貞腐《ふてくさ》れたような目を向けていた。

それに気付いたお姉さんは、すぐに切り替えて営業スマイルを浮かべたが、まだ納得できていないのか、その笑みがぎこちない。

エルドさんは用紙を受け取ると、私を床に下ろしてから、さらさらと必要事項を記入していった。

私がエルドさんを見上げていると、ギルド職員のお姉さんから視線を感じた。

ちらっと私がお姉さんを見ると、目が合う。

「えっと、お嬢ちゃんは誰の見習いになるのかな？」

「私はエルドさんの見習いをやるんです」

「エルドさんの？　あっ、だからエルドさん、商人ギルドに登録するんですか？　この子が商人志望だから、エルドさんがまず商人に登録するってわけですね」

お姉さんは合点がいった様子で、手をポンッと叩く。

ようやく腑に落ちたらしい。

「そんな感じだ。それじゃあ、用紙はこれで頼むな」

エルドさんは自分の分の記入が終わったのか、その用紙をお姉さんに渡してしまった。

それを見た私は、慌ててエルドさんのズボンを引っ張る。

「エルドさんっ、私、まだ何も書いてませんよ」

「アンの分も書いておいたから問題ないって。心配するな」

そう言うと、エルドさんは愛犬でも愛でるように私の頭を撫でた。

私が目を細めて心地よさを覚えていると、それを見ていたお姉さんが両手で口を覆い小さく震えていた。

「か、可愛い！　羨《うらや》ましいので、私にも撫でさせてくださいよ！」

「それはダメだ。人間の匂いがつくのを嫌う奴がいるからな」

「……？」

お姉さんはエルドさんの言葉に困惑しながら、受け取った書類に目を通し始めた。

羨ましそうに私とエルドさんをちらちらと見ながら。

「え、飲食店？　商人といっても、商品の売り買いをするわけじゃないんですね。エルドさんって料理得意だったんですか？」

「いや、ほとんどできない。まぁ、アンがいるから大丈夫だ」

「なるほど、アンちゃんが料理できるんですね。って、あれ？　見習いの子の方ができる？」

お姉さんは何かおかしいと思ったみたいで首を傾げていたが、書類上は何も問題がなかったのか、それ以上追及することはなかった。

「はい、書類は問題ありません。商人ギルドのギルドカードはこちらになります。後は年会費ですが……」

それから私たちは追加の説明を受けた。

商人ギルドにもランクがあるらしく、私たちは一番下のブルーから始めることになるらしい。

売り上げや評判によってランクが上がり、それによって可能になる販売方法も増えていくとのこと。

まぁ、私たちは屋台ができればそれでいいから、ランクは一番下でもいいんだけどね。

後はお金の話なんかを聞いて、商人ギルドの登録手続きは完了した。

私はエルドさんとお揃いのブルーのギルドカードを見て、ふふっと笑みを浮かべた。

なんとなく、お揃いっていいよね。

ちらっとエルドさんを見ると、エルドさんはもらった書類に目を通しながら独り言を呟いていた。

「与えられた場所は市場の端《はし》か……まぁ、それはしょうがないとして、料理に必要なものも揃えないとな」

エルドさん、私がやりたいって言いだしたことなのに、本気で考えてくれてるんだ。

そんな真剣な表情を見て、私はなんとしても飲食店を成功させてやるという気持ちでいっぱいになった。

「エルドさん、よろしくお願いします」

「ん？　ああ、こちらこそよろしくな」

私が改めてそう言うと、エルドさんは笑って私の頭に手を置いた。

こうして、私とエルドさんの商人としての道がスタートした。

◇

そして、商人ギルドを訪れてから数日後。

ついに屋台デビューの日がやってきた。

屋台で料理をする上で必要なものは、エルドさんが揃えてくれた。

さすがに悪い気がしたが、すぐに売上金で補填できるから気にするなと言われた。

どうやら、それだけケバブ風焼き鳥が売れることに自信を持っているみたいだった。

市場の端で屋台を構え、調理器具とマヨネーズとケチャップを置いて準備完了。

私には【アイテムボックス】があるので、持ち運びは楽々だった。

なんか私の【アイテムボックス】は、時間停止機能までついているみたいだし、今後もいろいろと使えそうだ。

私は準備を終えてから、エルドさんとシキの方を振り返った。

「事前に薄切りにしてあるお肉を焼くのはエルドさん、最後の味つけと提供は私、シキは番犬役をお願いします！」

「料理はできないが、肉を焼くことぐらいはできるから任せてくれ」

「俺は犬ではないぞ、アン」

張りきった様子のエルドさんに対して、シキは少しだけ不貞腐れていた。

異世界という治安が分からない場所で商売をするにあたって、番犬というのは重要な役目なんだけどなぁ。

そう考えながら、私は二人を見て少しだけ口角を上げた。

「それと、今日は販売はしません。料理を無料で配ります！」

「「……」」

私が得意げにそう言うと、二人は一瞬言葉を失った。

そんな反応になるのも当然だよね。

それなりのお金と準備期間をかけてきたというのに、それを無料で提供しようというのだから。

それでも、今日だけは無料で料理を提供する必要があるのだ。

マヨネーズとケチャップの概念がないこの国で、私たちの料理を手に取ってもらうには、こうするしかない。

「未知のソースがかけられた商品を買ってくれる人は少ないと思います。エルドさんもシキも、初めはマヨネーズをおっかなびっくりしながら舐めましたよね？」

見たことのないものを食べるのは誰でも怖い。

ましてや自分でお金を出すとなれば、なおさらあえて買おうと思う人はいないだろう。

「なので、今日は試食品として無料で提供することにします。量は少ないですが、無料ならきっと食べてもいいかなって思ってもらえるでしょ？」

たとえ、そこに見知らぬソースがかかったとしても、無料のクックバード料理は食べたいと思うはずだ。

もしかしたら、フォークでソースがかかった部分を除いて食べるかもしれない。

それでも、フォークにマヨネーズとかケチャップが多少なりともついているはず。

それが口に入れば、こっちのものだ。

「マヨネーズの美味しさを知った人たちは、必ずまたこの味を求めてやってきます」

「確かに、あれはまた食べたくなる味だったたな」

そう言ってマヨネーズの味を思い出しているエルドさんを見て、私はちょっと悪い笑みを浮かべた。

「この世界の人々をマヨネーズの虜にしてみせますよ」

マヨラーというマヨネーズを愛してやまない人々を作った魅惑の調味料、マヨネーズ。

その真価を発揮する時が、今やってきたのだ。

「今日だけ無料で試食配ってまーす！　数に限りがあるので早い者勝ちでーす！」

そして、始まった朝市。

市場には朝ご飯を求めてぞろぞろと人がやってきていた。

初めからいつもの店に向かう常連の人や、店を見て食べるものを決めようとしている人たちの様子を観察しながら、私は元気に客引きをしていた。

そして、そんな私の客引きの言葉を聞いて、隣に立つエルドさんは首を傾げる。

「結構な量の肉を持ってきたし、早い者勝ちってほど少なくはないだろ」

「PRのためです。限定品とかの言葉に弱いのは、全世界共通じゃないかって」

「なるほど。確かに残りわずかって言われると、早く買わないとって思うか……アンが見習いのはずなのに、俺よりも商売に詳しそうだな」

エルドさんは肩を落として、ため息を漏らした。

そんなに気にすることじゃないのに。

そう考えていると、なぜか多くの視線を集めていることに気が付いた。

街の人たちから私に向けられているのは、微笑ましい笑みと優しそうな表情だった。

どうやら、子供が店の手伝いをしているという状況に和んでいるみたいだ。

これは可愛い子供の姿に転生したことの特権だろう。

私が笑みを返すと、周囲はきゃっと少しだけ盛り上がりを見せた。

……可愛い子に転生して、本当によかった。

そんな街の人たちの中から少しふくよかな男性がこちらに向かってきて、にこっと笑みを浮かべた。

「お嬢ちゃん、おはよう」

「おはようございます！　今無料で試食品配っているので、食べていってくれませんか？」

私が元気よくお願いをすると、男性は「ほぅ」と小さく声を漏らしてから続けた。

「無料？　無料でくれるのかい？」

「はい。量は少ないですが、今日はお一人様一回だけ無料で提供しているんです」

「一体何を売って――ああ、クックバードの塩焼きかな？　それなら、一つもらおうかな」

男性は鉄板の上で焼いているお肉をちらりと見て、勘違いしたみたいだった。

確かに、ソースをかけるまではクックバードの塩焼きか。

私は何も言わずに笑顔だけを返しておいた。

「すぐにお出ししますね。ちなみに、卵にアレルギーってありますか？」

「アレルギー？　いや、特にはないけど」

「そうなんですね、よかったです」

「うん？」

マヨネーズは原材料として卵を使っている調味料なので思わず確認したけど、そういえば私が作ったマヨネーズって実際に卵は使ってないんだよね。

だって、魔法で作ってるマヨネーズだし。

もしかしたら私が作ったマヨネーズって、卵アレルギーの人でも食べられるのかな？

そう考えながら、私はエルドさんから容器に入ったクックバードの薄切りを受け取った。

そして、そのままもらえると思っている男性の前で、マヨネーズとケチャップをぶっかけた。

「え、いや、待ってくれ。そのソースはなんだい？」

「ある国で流行《はや》っているソースです。とても美味しいので、たっぷりかけますねー」

「あ、いや、ソースはなくても……」

私は顔を引きつらせた男性の表情に気付かないフリをして、にこっと笑う。

「ソースをかけての提供になるんです。ソースなしですと、無料では提供できないんですよ」

「そ、そうなのか。まぁ、そういうことなら」

私たちの目的はあくまで商品のＰＲ。

いきなり知らないものをかけられていい気がしないのは分かるけれど、ここだけは譲れないのだ。

「お待たせしました。どうぞ！」

「あ、ああ。ありがとうね」

男性は複雑な顔をしていたが、出されたものを受け取らないわけにはいかず、それを手にしてから少し考え込んでいた。

それでも私とエルドさんがじっと見ていると、男性は視線に耐えかねたのか、おそるおそるケバブ風焼き鳥を口に運んだ。

「んんっ！　なんだこれは、うまいぞ！」

口に入れる前の躊躇いはどこに消えたのか、数切れあったお肉を次々にかき込んでいった。

「初めて食べる味だ！　なんだこのソースは！　うますぎる！　一つ、いや、三つ買わせてもらえないか！」

男性の反応を見て、周囲のお客さんたちがざわつき始めた。

やった！　みんな私たちの料理が気になり始めたみたい！

この男性、リアクション大きいし、一人目のお客さんにしては当たりすぎる。

「すみません。今日は試食だけなんです。明日販売するので、ぜひ買いに来てください」

「きょ、今日は買えないのか。そうか、残念だな……明日、絶対に買いにこよう」

男性はこれ以上食べることができないのが悲しかったらしく、分かりやすく肩を下げて、とぼとぼと帰っていった。

「アン、本当に今日は販売しないでいいのか？」

エルドさんが男性の背中を見ながら声を潜めて聞いてきた。

確かに、試食で感動させてすぐに買わせるというのがこういう売り方の鉄板ではある。

さっきみたいに食いつきのいいお客さんを相手にした後だと、余計にそう思う。

けれど、そうしないのにはちゃんとした理由があるのだ。

「いいんです。今日販売までしちゃうと店を回せなくなって、試食待ちができてしまう可能性があります。そうなると、この味を十分に広められなくなるかもしれません。それなら、今日は宣伝だけにした方がいいですよ」

「そういうことか。それなら、今日はたくさん試食してもらわないとな」

私がこくんと頷くと、すぐに新しいお客さんが私たちの元にやってきた。

「あのー、無料で食べられるって本当ですか？」

「はい、本日は無料ですよ！」

客が客を呼ぶ、とはよく言ったものだと思う。

一人目の男性、がオーバーなリアクションをしてくれたおかげで、お客さんがすぐに集まってきた。

そして、それを見たお客さんがまたやってくる。

その繰り返しのおかげで、お客さんが誰もいなかったうちのお店は、あっという間に繁盛店のような賑わいを見せ始めていた。

まぁ、どれだけ人が来ても、今日は一銭のお金にもならないんだけどね。

それでも、十分すぎるくらいの宣伝効果になったはずだ。

大盛況だったこともあり、私たちは午前中の早い時間に店じまいをすることになった。

そして本日の試食分に用意した肉が完全になくなった頃には、マヨネーズとケチャップは未知のソースではなく『魅惑のソース』という名前で噂され始めたのだった。

店の撤収を終えた私たちは、エルドさんの家でゆっくりとお昼ご飯を食べてから、今日の出来栄えについて話している。

「まさか、午前中だけであの量がはけるとはな。食べたお客さんたち、みんな明日買いに来るって言ってたな」

「撤収している時にも人間が遠巻きにして噂していたぞ。『魅惑のソースを使った料理の店がある』とな」

エルドさんやシキから見ても、今日のお客さんの反応はよかったらしい。

まさかマヨネーズとケチャップが異世界で魅惑のソースなどと言われるとは思わなかったけど、これだけ反応してもらえるとなると、明日がますます楽しみになってくる。

「明日は値段をつけての販売ですね。エルドさんだったら、『ケバブ風焼き鳥』にいくらくらい出しますか？」

「うーん、普通のクックバードの塩焼きの二倍と言われても出すな」

「に、二倍ですか？」

さすがにそんな価格はぼったくりな気がする。

でも、エルドさんの顔は本気で言っているみたいだった。

この世界の人からすれば、そのくらい珍しくて美味しいものなのかな？

どうしよう。

本当に二倍で売っちゃう？

いや、でも、誰も買わなかった時に、後から値段を下げるのは印象よくないよね。

「それなら、初見の人もいるでしょうし……一・五倍くらいで出してみるのはどうでしょうか？」

「アンがそれでいいならいいけど、治癒魔法が付与されてる食事なんだぞ？　それを考えると、安すぎる気がするけど」

「治癒魔法のことは伏せておこうと思います。治癒魔法なしでいいから安くしてくれって言われた時、付与しないで作る方法が分からないので」

調味料は魔法で作っているので、どうしてもその効果がマヨネーズやケチャップに残ってしまう。

それはいつか改善しないといけない点かもしれないね。

でもまあ、治癒されて怒る人もいないだろうし問題ないか。

もしかしたら、もっと込める魔法の質を変えたら、別の魔法も付与できるかもしれない。

いったん、市場での売り上げが安定したら、いろいろと挑戦してみるのもいいかも。

「分かった。アンの納得する値段でいこう」

「ありがとうございます、エルドさん。まずは、初期費用を取り戻すことを目標に頑張っていきましょう！」

今日の盛況っぷりを見た感じでは、初期費用を取り戻すのは難しくないと思う。

原材料費はほとんどかからないし、あの人数が連日来たら、かなりの額を稼げるはず。

「それじゃあ、明日もよろしくお願いします！」

こうして私たちは明日への意気込みを語って、明日の開店に向けての準備を始めたのだった。


そして、翌日。

「なんだこの行列は……」

市場の端にある私たちのスペースに行くと、そこにはすでに行列ができていた。

まだ開店の準備もしていないのに、行列にいたお客さんは私たちに気が付くと、笑顔で大きく手を振っていた。

その先頭には、昨日一番初めに試食に来てくれたふくよかな男性の姿もある。

「す、すぐに準備に取りかかるので、もう少しお待ちください！」

私は想像以上に並んでいたお客さんたちを待たせないように、エルドさんと急いで開店準備を始めた。

どうやら、昨日の試食が想像以上の反響を生んだらしい。

店を開くと、普通のクックバードの塩焼きの一・五倍の値段だというのに、ケバブ風焼き鳥は飛ぶように売れていった。

そして、今日も午前中でお店を閉めるくらいの大盛況となったのだった。

まさか、こんなに売れるなんて思わなかった。

試食を出した次の日だからかなとも思ったが、それから数日経っても同じくらいの大盛況が続いた。

こうして気が付けば、私たちのお店はすっかり人気店になっていた。

◇

そんなある日のこと。

いつも通りお店の片づけを終えて、私たちは市場を後にしようとしていた。

そんな中、私たちの料理をしみじみと食べているエルドさんよりも若い男の人がいた。

ラフな格好をしているが、冒険者のように何か武器を持っているわけではない。

持っているのは少し大きめの鞄《かばん》くらいだ。

旅行中なのかな？

美味しさに感動しているお客さんは何度も見たけど、少し他のお客さんとは様子が違うみたい。

不思議とその男の人のことが気になって見ていると、男の人はぼそっと独り言を呟いた。

「……懐かしいな」

「え？」

思いもしなかった言葉に、私は思わず声を漏らした。

私の声が聞こえたのか、男の人は私を見て目をぱちくりとさせた。

「あ、この店の店員さんじゃんかよ」

からっとした様子でそう言うと、その男の人は食べかけていた料理を指差した。

「すごい美味しいぞ、これ。こんなの作れるなんてすごいな」

「あ、ありがとうございます。えっと……」

「ん？　感想を聞きたかったわけではないのか？」

男の人は首を傾げると、むむっと眉を寄せた。

私は食事中に邪魔しちゃったなと思いながらも、ちょこちょこっと男の人に近づいた。

「えっと、懐かしいという声が聞こえてきたので、前にもこういう料理を食べたことがあるのか気になりまして」

私がそう言うと、その男の人は眉を下げたまま笑みを浮かべて、手を横に振った。

「いやいや、俺が食ったのはこんなうまいものじゃないって。実家がこのエルランドにあるんだが、実家のトマトで作った簡単なソースを思い出しただけさ」

「なるほど、トマトソースですか」

そっか、この世界にはケチャップはなくてもトマトソースはあるんだ。

この世界でのトマトソースがどういうものか分からないけど、話を聞く限り、ケチャップとはだいぶ違うものらしい。

実家のトマトということは、この人はトマト農家か何かなのかな？

「しばらく食えてないからなぁ」

男の人は意味ありげな言葉を呟いて、少しだけ遠くを見ている。

話を聞きたい気もするけど、あまり深く聞くのも失礼かな？

「……実家には戻らないのか？」

そう考えていると、いつの間にか私の後ろにいたエルドさんがそう言った。

エルドさんの表情は真剣で、ただの興味本位で聞いているようには思えなかった。

そんなエルドさんの様子を見て、男の人は少しだけ表情を緩めた。

「戻れないんだよ。まぁ、いろいろあるんだ」

そして自嘲気味な笑みを浮かべてから、言葉を続けた。

「よくある話だよ。喧嘩して家を出て、戻りづらくなったってだけだ」

別に、隠すほどのことでもないしな。

そう呟いてから、男の人は身の上話を聞かせてくれた。

第八話　トマト農家のせがれ

「こんな家、出ていってやるよ‼」

今になれば、何が原因で親父《おやじ》にそんな言葉を投げつけたのか、覚えてもいない。

多分、何かちょっとしたことがあって、勢い任せに言ったのだろう。

エルランドでトマト農家のせがれとして育った俺はそう吐き捨てて、親父と妹を残して故郷の街を出ていった。

すぐに謝ればよかったことくらいは分かっている。

それでも、啖呵《たんか》を切って家を出てきたこともあり、そんな簡単に謝ることはできなかった。

それから数年間、俺は特に何もせずに日銭を稼ぐ日々を過ごしていた。

その間、一度もエルランドに帰ってこなかったわけではない。

喧嘩をして半年もすれば、さすがに謝るかという気持ちにはなった。

実際に謝ろうと思って、エルランドには何度も帰ってきてはいた。

しかし、実家に帰ったことは一度もなかった。

家に帰ろうと思って街まで来ても、何か理由をつけて家には寄らずに街を出る。

そんなことを繰り返していた。

親父から逃げているだけだということは分かっていても、その事実を認めたくなかった。

今回もこの街に来たはいいけど、また同じように街を出ていくのだろう。

そんなことを考えて酒場で酒を飲んでいると、何やら幻の屋台というものがこの街に現れたという話を聞いた。

せっかくなら、それだけでも食べて帰るかと思って並んでその屋台の飯を食べた時、実家でよく食べていたトマトソースの味を思い出したんだ。

◇

ひと通り話し終えて、俺はため息を漏らした。

……初対面の奴らに話す内容じゃなかったな。

「まぁ、ただ意地を張ってるだけだ。なんでもない、ありふれた話だろ？」

だが店員のお嬢ちゃんを見ると、お嬢ちゃんはやけに真剣な顔をしていた。

「今回も実家には帰らないんですか？」

「そうだなぁ……どうすっかなぁ」

この飯を食べたら、そのまま街を出ようと思っていた。

それなのに、今回は不思議と、家で飽きるほど食べていたトマトソースの味を恋しく思っている。

別に、特別美味しいものではない。

それは嫌というほど分かっているのに、舌があの味を欲しがっているみたいだ。

街を出ていこうってタイミングで、余計なもの、食べちゃったかもな。

「会える時に会っておいた方がいいぞ。タイミングを逃すと一生後悔することになる」

店員の男は、ただの忠告にしては重い声色でそう言った。

何か後悔した経験があるのだろう。

店員の男には、確かにそう思わせる何かがある気がした。

「そうだな。ガキの頃に嫌というほど食べたトマトソースの味も恋しくなってきたし、少しくらい顔を出してもいいかもなぁ」

多分、こんな気持ちになることはもうないだろう。

そう思うと、この機会を逃すのはよくない気がした。

それは分かってはいるが、覚悟を決めようとすると途端に足が重くなる。

「いつも寸前になって逃げだすんだよなぁ。なんとかなればいいけど」

情けないということは分かってはいるが、こればっかりはどうにもならんだろう。

「そういうことでしたら、これ持っていってください。特別サービスです」

店員のお嬢ちゃんはそう言うと、店の奥から俺と親父と妹、三人分のケバブ風焼き鳥を取り出した。

そしてそれを俺に渡してきた。

「え、いいのか？」

「もちろんです。でも、約束してください。絶対に三人で食べるって」

「……分かったよ。お嬢ちゃんにそう言われちゃったら、頑張るしかないよな」

まぁ、これがあれば家に帰る口実にもなるだろう。

珍しいものを売っていたから、それを買ったついでに帰ってきた。

そんな帰省の理由になってくれる気がした。

まさか、そこまで見越して俺に家族分のケバブ風焼き鳥を持たせたのか？

……このお嬢ちゃん、この歳でどれだけ気が遣えるんだよ。

俺は自分よりも精神年齢が高いんじゃないかと思えるお嬢ちゃんに驚きながら、自分の幼さを自嘲気味に笑った。

もしかしたら、こうして誰かに背中を押してほしかっただけかもしれない。

そんなことを考えながら、俺はお土産《みやげ》として持たされた料理を手にして、その店を去った。

実家へ向かう道中、俺は何度か足を止めた。

やっぱり、このまま街を出ちゃうか？

何度も引き返したことのある実家へ続く道を歩いていると、そんな考えが何度も湧いてきた。

しかし、そのたびに三人分のケバブ風焼き鳥の重さが、俺を引き留めた。

それに加えて男の店員の言葉も思い出し、俺は気を重くしながらまた歩きだした。

そんな風にしばらく葛藤《かっとう》しながら歩いていると、ついに実家に着いてしまった。

まじかよ。まさか、本当に帰ってくるとはな。

二度と帰ることはないと思っていたんだけどな。

案外、先のことなんて誰にも分からないものだ。

そう考えながら、俺はうるさくなった心臓の音を聞いていた。

なんで実家だってのに緊張してるかな。

あまりにもヘタレすぎる自分に呆れて、俺は自嘲気味に笑った。

そして覚悟を決めて、実家の扉を叩いたのだった。

……ここまでは、よかったんだけどな。

まさか、あの男の店員の言葉通りになるとは思いもしなかった。

結果から述べると、実家は留守だった。

近所の人に教わって、俺は親父がいると言われたところに顔を出しに向かった。

いや、親父が眠っている場所か。

「……なんだよ、もう手遅れだったのかよ」

久しぶりの親父との再会は、墓石越しの再会となった。

近所の人の話によると、親父は数年前に病気をこじらせて、そのまま死んだらしい。

「病気をこじらせて死ぬようなタマじゃないだろ、あんたは」

名前を彫った墓の前でそう呟いても、返ってくる言葉はなかった。

死に目に会っていないだけに、あの喧嘩早い親父が死んだという事実を受け入れられない。

いや、受け入れてはいるのか。

でも死の実感が湧いてこない。不思議な感覚だ。

「余っちまったな、土産」

せっかく持たせてくれた土産も、三人で食べてくれという約束も、果たすことができなかった。

本当に何してんだろうな、俺は。

やるせなくなって、俺はしばらくその場に立ち尽くした。

……あと少しだけ、早く帰ってきていればなぁ。

そんな風にぼうっと墓石を眺めていると、そこに何か違和感を覚えた。

墓石周辺を改めてよく見て、その違和感の正体に気が付いた。

墓の状態が綺麗すぎるのだ。

お袋は俺が幼い頃に亡くなっているのに、墓の状態がこんなに綺麗なのはおかしい。

もしかして……

そう思って辺りを見渡していると、背後で砂利を踏む足音が聞こえた。

その音に釣られて振り向いてみると、そこには十代後半くらいの女性が立っていた。

長く伸びた栗色の髪を揺らして、手桶を両手で持って佇《たたず》むその女性は、俺と目が合うと、その目を大きく開いた。

俺が立ち尽くしていると、その女性はそっと目を細めた。

「たまには手伝ってよ、お兄ちゃん」

その言葉は、いつも家事を任せていた妹が頬を膨らませながら俺に言っていたセリフだった。

その瞬間、昔の妹の姿が目の前の女性と重なった。

墓が綺麗だったのは、妹が綺麗な状態を保っていたからだったのか。

いなくなった俺の代わりに。いつも押しつけられていた家事をするように。

気付くと俺は、何も言わずに妹を抱きしめていた。

「お、お兄ちゃん？」

突然の俺の行動に妹は驚いていたが、それと同じくらい俺も自分の行動に驚いていた。

なんで妹を抱きしめているのか、よく分からない。

親父の死や成長した妹の姿によって、いろんな感情が抑えられなくなったのか、はたまた流れて止まらない涙を隠そうとしたのか。

もしくは、その両方なのか。

「お兄ちゃん……もうっ、子供じゃないんだよ」

照れるような妹の声を聞きながら、俺は大きくなった妹の背中をさらに強く抱きしめた。

親父の分まで妹のことを大切にする。

墓で眠る親父にそう誓って、俺は鼻水を啜った。

そして自分の背中を押してくれたお嬢ちゃんと男の店員に深く感謝をして、確かにそこにある、たった一人の家族のぬくもりを強く感じたのだった。

第九話　秘密の特訓

俺――エルドも手伝った、アンが作った調味料を使った屋台は、見事に大盛況となった。

試食を配った次の日には行列ができて、その行列は日に日に長さを増していった。

まさか初日に試食を配っただけで、これほどの数の客が集まるとは。

アンのアイディアがなかったら、試食を配ろうなんて思いもしなかった。

よくあんな考えが出てきたな。

……本当にどっちが見習いなのか分からなくなってきた。

きっとアンが作る料理はすぐにこの街の名物になるだろう。

しかし、それに伴って問題も発生しつつあった。

順調に客足は増えているが、それに伴ってアンの負担が大きくなっているのだ。

さすがに、幼い女の子に頼りきるわけにはいかないだろう。

それに、シキに「アンと共に、エルドも成長すればいい」と言われたが、俺はまだ何も成長できていなかった。

そりゃあ、ただアンの手伝いをしているだけじゃ、何も変わらないよな。

そう考えた俺は、アンとシキと一緒に夕食を食べてから、一人でよく行っていた酒場に向かった。

アンたちが俺の家に来るまでよく通っていた酒場だが、少し来なかっただけでえらく久しぶりな気がした。

酒場のドアを押して中に入ると、いつもの喧騒《けんそう》が聞こえてきた。

俺が席に座らずにきょろきょろしていると、俺の来店に気付いて、店員のルードが俺の元に近づいてきた。

「エルド、久しぶりじゃんか。いつものでいいのか？」

ルードは軽い調子で手を上げながらそう言った。

ルードは短髪で体格のいい元冒険者で、昔一緒にパーティを組んだこともあった。

今は怪我で冒険者を引退して、この酒場で働いている。

なので一緒に依頼をこなした数より、この酒場で会った回数の方が圧倒的に多い。

「いや、今日は酒は飲まない。少し話せるか、ルード」

「……酒を飲まない？　ん？　どういうことだ？」

「いや、そのままの意味だ」

ルードは眉をひそめた。

どうやら俺が酒を飲まないということが理解できないらしい。

まぁ、泥酔した姿を何度も見せてきたわけだし、仕方ないと言えば仕方ないのか。

「この店で修業させてくれないか？　バイト代は出なくてもいいから、料理を学びたい」

「料理？　あのエルドが？」

ルードは目をぱちくりとさせてから、衝撃のあまりフリーズしてしまった。

耳を疑っているような視線を向けられたが、俺が訂正せずに黙っていると、ルードはしばらく黙り込んでいた。

「とりあえず……厨房の奥に来い」

ルードと共に店の厨房の奥へ行くと、修業したい理由を尋ねられた。

俺はルードに、アンとの出会いや、今は市場で屋台を出していることをかいつまんで話した。

初めはずっと疑うような目をしていたルードだったが、俺の話を聞くにつれて徐々に真面目な顔つきになっていった。

そして話し終えた後で、ルードは顎に手を当てて小さくため息をついた。

「あの魅惑のソースの店って、エルドがやってる店だったのかよ。まさか冒険者が作る飯があんな話題になっているとはなぁ」

「まぁ、俺じゃなくアンが主体になってる店だけどな。それで、このままアンに任せっきりっていいのもよくないかと思って」

「それで、そのアンって子供とご飯を食べてから、夜だけうちで働きたいってことか……なんか、お父さんみたいだな」

思いもしなかった『お父さん』という言葉に、俺は手を横に振った。

「いや、お父さんってほど年が離れては……いるのか、そうだな。年齢的にはそうなるのか」

訂正しようとしたが、自分がもう若くはなかったことに気付いて、俺は静かに言葉を飲み込んだ。

そうか、知らないうちに結構年を取っていたんだな、俺って。

「というか、料理の修業なら、そのお嬢ちゃんに教わればいいだろう？」

「それでもいいんだけどさ、なんというか、少しくらいは格好つけたいんだよ。俺もできるんだぞというところを見せたいというか、な」

ルードの言う通り、アンに教わるのが一番いいかもしれない。

でも、アンには成長過程ではなく、成長した姿を見てほしいと思う。

たまには、「エルドさんすごい！」とか言われてみたいしな。

「まさか、エルドがそんなことを言うとはな……ずいぶんと変わったな」

「そんなに変わってはないだろう？」

むしろ、変わっていないから自分を変えようと思って、ここに来たわけだし。

「いやいや、ちょっと前まで目とかヤバいくらい荒《すさ》んでたぞ。昼間はまだいいが、夜になると酔って目がずっと据わってただろう？」

「そ、そんなにか？」

さすがに、そこまでではないだろう。

そう思ったが、ルードの顔は真剣そのものだった。

「お前なんて冒険者やってなければ、ただの飲んだくれだったんだからな？　それが、子供のために料理の修業をしたいとか言い始めたんだぜ。驚くどころの騒ぎじゃない」

ジトッとした目を向けられて、俺はわざとらしく笑って誤魔化す。

「あのエルドがここまで変わるとはなぁ。そんなにその子が大事なのか？」

ルードから素朴な疑問を向けられて、俺は改めてアンのことを考えてみた。

初めは魔物に襲われて、連れ去られた子供だと思っていた。

助け出したが、その時点でそこまで強い思い入れがあったわけではない。

幼い姿が昔の妹と重なって見えて、よくしてあげたいという気持ちにはなった。

整いすぎた容姿は可愛らしく、庇護欲だってかき立てられるものがある。

しかし血の繋がりはないし、会ってからまだ日も浅い。

もちろん深い関係で結ばれた仲でもない。

改めて考えると、どう返答したらいいのか分からない。

それなのに、俺の中で、アンは他人なんて呼べない存在になっていた。

「……不思議なもんだよなぁ」

「何がだ？」

しみじみと漏れた俺の声に、ルードは首を傾げていた。

俺は言葉を続ける。

「変わっていくんだよ。日に日に大切な存在にな」

何か特別なことがあったわけではない。

それなのに、何気ない日々を一緒に過ごしていくだけで、アンが初めに会った時よりも可愛らしく、守っていかなければと思うようになっている。

妹を亡くしてしまってから埋まらなかった穴が、徐々に優しい何かで塞《ふさ》がっていくような感覚。

まだ微かなモノかもしれないが、それを育てていきたいと思った。

「そうかい。そりゃあ、何よりだ」

ルードは小さく笑うと、厨房の奥の方に歩いていって包丁を手にした。

そして慣れた手つきで食材を出してきて、俺の近くに置いた。

「半人前の料理人くらいにはしてやるよ」

「……そうだな。そのくらいで十分だ」

何も一人で完璧にこなせる料理人を目指すわけではない。

俺はアンの助けになるような技術を身につけたい。

だから、ルードに一度も一人前の料理人になりたいとは言わなかった。

口にはしてないはずのそんな願いは、ルードには見抜かれてしまったらしい。

こうして、俺の料理人としての修業がスタートしたのだった。

第十話　執事アルベートとエリーザ伯爵

私――アンの屋台は大盛況となり、すぐに街の人たちに噂されるようになった。

そしてすぐに連日行列ができる繁盛店になっていった。

初めは様になっていなかったエルドさんも、日に日に上達して、料理の腕をぐんぐんと上げていった。

エルドさんの調理は初日なんかは結構ひどかったのだ。

知らないうちに手を切ってるけど大丈夫かな？

そう心配するくらいだったのに、気付けばその傷は完治していて、手つきも慣れたものになっていた。

やっぱり冒険者ということもあって、刃物の扱いはうまいのかもしれない。

そんなエルドさんの上達もあって、料理の提供スピードが速くなって、私たちのお店はすぐに売りきれによる閉店となることが多かった。

そのため、もっと多く仕入れをしようとも考えた。

しかし、午前中だけで一日分の利益を出せるならそれでいいかと思い、仕入れの量は変えずにやっていた。

朝働きだして、午前中には仕事を終えて午後はお休みという、前世では考えられないようなホワイトすぎる環境で毎日を過ごしていた。

◇

そんな生活が始まって数週間が経った頃、閉店した私たちの店に一人の白髪の男の人がやってきた。

『じいや』と呼ばれるのが似合いそうなスーツを着た男の人。

そういえば今日、並んでいるのを見かけたな。なんか一人だけ浮くくらい気品のある人だったから、行列にいた時から記憶に残っていた。

その男の人は、まだ手をつけていない状態のケバブ風焼き鳥を手にしながら、私たちにお辞儀をした。

「すみません。こちらの料理について聞きたいことがあるのですが、この後にお時間をいただいてもよろしいですか？」

何かまずいことでもあったのかな……

男の人は私を少し見た後、すぐにその視線をエルドさんの方に向けた。

「聞きたいことですか？　答えられる範囲でいいならお答えしますけど」

エルドさんはこっちをちらっと見て、私が頷いたのを確認してからそう言った。

数週間お店を出していて、同じように私たちの元にやってきたお客さんたちも少なくなかった。

大抵の人がソースの出所を聞きたがる人たちだった。

初めて見るソースが二種類も使われていれば、当然聞きたくもなると思う。

その際は決まって、偶然海外の商人から買ったものだから出所は分からないと答えるようにしている。

ソースを売ってくれと言うお客さんもいたが、それらもすべて断っているのが現状だった。

マヨネーズとケチャップは私の魔法で作るだけだから、調味料として単体で売り出しても原材料費をかけないでお金を生み出すことができる。

それこそ、錬金術のようにお金を増やせるだろう。

それでも、まだ詳しく調べきれていない魔法の調味料を、人に売ることなんかできない。

もしかしたら一定期間が過ぎると形を失って、魔力が散ってどこかに消えてしまうかもしれないしね。

そんな事態になったら、騒ぎになる可能性がある。

そして何よりも他の店に私が作った調味料が渡った日には、売り上げが落ちることは明白だった。

私たちは凝った料理を作っているわけではないから、マヨネーズとケチャップがあれば、うちのお店の味の再現など容易にできてしまう。

そうなったら、すぐに廃業に追いやられるだろう。

調味料を売って、もっと私の作った味を多くの人に食べてもらいたいという気持ちもある反面、生活のためには調味料を独占しなければならないのだ。

なので、エルドさんとソースの質問が来た時の対応は事前にすり合わせ済みである。

だから大丈夫。何も問題ないよね。

「このソースはどこで手に入れたのですか？」

執事風の男性はそう聞いてきた。この男の人も、ソースのことが気になるらしい。

「海外の商人から買ったものでして、詳細は分かりませんね」

いつも通りの回答。男の人は頷いてから、質問を続ける。

「それでは、このソースを売っていただくことは可能でしょうか？」

「いえ、数に限りがあるので販売はしていないんです」

これもいつも通りの回答。ここまで言われてしまっては、ソースが手に入らないことも分かっただろう。

きっと、これ以上の追及はないはず。

「では、聞き方を変えましょう。この調味料に治癒魔法を付与したのはどなたですか？」

「「え？」」

安心しきっていた私とエルドさんは、予想していなかった言葉に思わず驚きの声を漏らしてしまった。

その男性は私とエルドさんを交互に見てから、言葉を続けた。

「申し遅れました。私、エルランド領を治めているエリーザ伯爵様の執事をしております、アルベートと申します。この魔法が付与された料理について、お聞きしたいことがあるのですが、お時間よろしいでしょうか？」

私がバッとエルドさんの方を振り向くと、エルドさんは何かを察したような顔でゆっくりと頷いた。

伯爵ということは、この世界の貴族さんということになる。

当然、一冒険者であるエルドさんが逆らえるはずもなく、頷く以外の選択肢はなかったのだろう。

……もしかして、魔法が付与された料理を売るって、違法なのかな？

そんな嫌な予感がしたが、今さら何もできるはずがなく、私は静かに俯くだけだった。

そんな私たちの空気を感じ取ったのだろう。

私たちの後ろにいたシキがゆっくり立ち上がると、鋭い牙を見せつけながら小さく唸っていた。

え、待ってよシキ。

この人に威嚇はマズいって！

「おい人間、アンに何かすると言うのなら、この街ごと貴様も滅ぼすぞ」

「ま、まて、シキ！　相手は伯爵の執事だぞ！」

いち早く動いたエルドさんは、シキとアルベートさんの間に入り込んで、シキを落ち着かせようと試みる。

「構うものか。アンに危害を加えようとする人間を生かしておくことなどできぬ」

エルドさんの制止を振り切って牙を見せているシキは、本当にアルベートさんを食い殺すんじゃないかってほどの剣幕をしている。

「シキ！　落ち着いて！」

私はこのままではアルベートさんが危ないと思って、慌てて抱きついてシキを止めようとした。

けれど、シキはまるで止まる気配を見せない。

「落ち着いていられるか。安心しろ、すぐに終わる」

その言葉じゃ安心できないんだけど！

確かに番犬役を任せはしたけど、どんな人にも噛みつくような狂犬になるようお願いしたつもりはないんだけど！

「あの、何か勘違いをされていませんか？　私はただお話をしたいだけですよ？」

あと数秒したらシキが襲いかかってもおかしくないタイミングで、アルベートさんは落ち着いた声でそう言った。

そう言われて、ヒートアップしていたシキが大人しくなっていく。

「話を、聞くだけ？」

エルドさんも予想外だったようで、目をぱちくりとさせてから、同じように目をぱちくりとさせていた私を見た。

あれ？　もしかして、私たちって何か勘違いしてた？

「えっと、魔法を付与した料理を提供したから、私たちを取り締まりに来たのではないんですか？」

私がそう尋ねると、アルベートさんは静かに口元を緩めた。

「何か害のある魔法ならまだしも、治癒魔法ですから問題はないでしょう。捕まえるなんてことはしませんよ」

「……つまり、ただ話を聞きたかっただけ、ですか？」

私は躊躇いがちにアルベートさんをちらっと見る。

すると、アルベートさんは口元を緩めたまま頷いた。

どうやら、完全に私たちの勘違いらしい。

しかも勘違いだけではなく、伯爵家の執事さんをシキに襲わせようとした大失態つき。

「シ、シキ！　アルベートさんに謝って！」

「アンに危害を加える可能性はまだ消えてはおらんだろう。というよりも、アンとエルドが勘違いしたのが悪いのではないか」

シキを揺すって謝罪をするように言ってはみたが、シキは謝る素振りを見せようとはしない。

シキからしたら、私たちを守ろうとしただけで、私たちがアルベートさんに過剰に反応してしまったことが一番の原因ではあるかもしれない。

それでも伯爵家の執事に無礼を働いたとなると、どんなお咎《とが》めがあるか分からない。

エルドさんも私と同じことを考えたらしく、私と共にシキの体を揺すって謝罪を促したが、まるで効果がなかった。

結局、私とエルドさんが平謝りに謝って許してもらうことができた。

ただアルベートさんは気にしていないみたいで、私たちの首が飛ぶようなことはなさそうだった。

そして、私たちはなぜかアルベートさんの馬車へと案内され、エリーザ伯爵の屋敷に向かう馬車の中で、詳しい事情を聞くことになったのだった。

え、外で話せないような事情って何？

そんな少しの不安を抱きながら、私たちは馬車に乗り込んだ。

◇

「エリーザ伯爵様が毒で衰弱状態？」

私たちはアルベートさんが用意してくれた馬車に乗って、エリーザ伯爵の屋敷へと向かうことになった。

馬車に乗れないシキは、馬車に並走してついてくるとのことで、えらく涼しい顔で馬車の隣を走っていた。

……私もシキと一緒に走りたいな。

そう考えて隣に座っているエルドさんの服を引っ張ったが、エルドさんは強く首を横に振った。

やっぱりアルベートさんの前で、私が駆けまわるのはよくないか。

四足歩行になっちゃうしね……。

私は諦めてエルドさんの隣で、アルベートさんの話を大人しく聞くことにした。

そして私たちしかいない馬車の中で聞いたのは、思ってもみなかったエリーザ伯爵の容態だった。

まさかこの街の領主様がそんな状態になっていたとは。

確かに街中で話せる内容ではなかった。

「ポイズンモスの毒を浴びてしまいまして、それから体調が悪くなる一方で……」

「ポイズンモスか……」

アルベートさんからひと通り話を聞き終えてから、エルドさんは嫌なことを思い出したように顔を歪《ゆが》めた。

ポイズンモスって、有名な魔物なのかな？

私、見たこともないかも。

「エルドさん、知ってるんですか？」

「ああ。ポイズンモスは厄介な魔物だ。大型の蛾《が》みたいな魔物で、毒の粉を振り撒くんだよ。でも、衰弱状態になるほどの毒ではなかったはずだが……」

そう言うと、エルドさんは腕を組んで考え込んだ。

「ちなみに、どこで毒の粉を浴びたんですか？」

「二つ隣の街のシニティーの森の中です。仕事でそちらの領主の元に向かったのですが、その帰りに浴びてしまいまして」

「シニティーか。それなら、この街に来る前に討伐されるだろうな」

アルベートさんの言葉を聞いて、エルドさんは安堵した様子でため息を漏らした。

どうやら、エルドさんはこの街への被害を警戒していたみたいだった。

二人の話からして、私たちの街にポイズンモスが来ることはなさそうだ。

そうなると、問題は衰弱状態のエリーザ伯爵の容態か。

そういえば馬車に乗り込む直前に、料理を作ってあげてほしい人がいるとアルベートさんに言われたんだっけ。

あの時は詳しい説明がなかったけど、ここまで話を聞かされれば、なんとなく想像がつく。

「もしかして、エリーザ伯爵様に私たちの料理を作ってほしいって依頼ですか？」

「勘のいいお嬢さんですな。まさにその通りです」

アルベートさんは品のある笑みを浮かべて、私の言葉に答えた。

どうやら知らないうちに結構な厄介事に巻き込まれてしまったみたい。

伯爵様に庶民の屋台のものを食べさせるなんて、何をどうしたらそんな考えになるの？

私の顔に言いたいことが出ていたのか、アルベートさんは咳ばらいを一つして続けた。

「実は、庶民の間で魅惑のソースを使った屋台が大人気という話を聞きまして、そこまで人気なものならエリーザ様も召しあがるのではないかと考えたのです」

なるほど。

どうして私たちの屋台を知っているのかと思ったが、噂は伯爵様のお屋敷まで届いているらしい。

「元々、隠れて屋台に行って食べものを買ってくるような方でしたので、喜んでくれるかと思いまして」

アルベートさんは昔のことを思い出したのか、静かに笑いながらそう言った。

どうやら意外なことに、エリーザ伯爵という人物はかなりB級グルメ好きな人らしい。

貴族って舌が肥えていて、ステーキばかり食べているイメージだったけど、そんなこともないんだ。

……もしかして、庶民派なのかな。

そんなことを考えてアルベートさんの顔を見ると、その顔がただ笑っているだけではないことに気が付いた。

んん？　何かおかしい？

じっとよくアルベートさんの顔を見ているうちに、私はその違和感の正体に気付いた。

顔色、悪すぎない？

さっき外で話していた時は気付かなかったけど、こうして近くで見ると、アルベートさんの顔に疲労が蓄積しているのが分かった。

しばらく寝てないんじゃないかっていうくらい、顔色がよくない。

それなのに、昔のエリーザ伯爵のことを話す時は嬉しそうに笑い、今のエリーザ伯爵の容態を話す時は本気で心配している。

多分、本当にエリーザ伯爵のことが好きなんだろう。

だからエリーザ伯爵の体調を心配して、やつれているのかもしれない。

そんなに使用人から愛されている貴族なんているんだ。

まだエリーザ伯爵には会ったこともないのに、今のアルベートさんの顔を見ていると、助けてあげたいなって思う。

「あの料理には治癒魔法が付与されているので、ぜひエリーザ様に食べてほしいんです」

さらっとアルベートさんに治癒魔法のことを言われて、私は首を傾げた。

「あれ？　そういえば、なんで治癒魔法がかけられているって分かったんですか？」

しばらくの間、屋台でケバブ風焼き鳥を売っていたけど、誰も魔法のことに気付かなかったよね？

「失礼ながら、【鑑定】で調べさせていただきました。治癒魔法が付与されていること以外は、分かりませんでしたけど」

なるほど。なんでバレたのかと思ったけど、この人は【鑑定】のスキルを持っていたんだ。

アルベートさんはそこまで言うと、私たちに頭を下げて言葉を続けた。

「お礼は十分にさせていただきますので、エリーザ様のために料理を作っていただけないでしょうか？」

微かに震えている声色から、アルベートさんの真剣な気持ちが伝わってくる。

これだけお願いされてしまうと、断ることはできない。

おそらく本気で主《あるじ》を治したいのだろう。

これだけ慕《した》われるエリーザ伯爵がどういう人なのか、興味が湧いてきた。

そしてそれ以上に、困っている人がいて、私にできることがあるのなら引き受けたいと思った。

でも、その前にアルベートさんに話さないといけないことがある。

私は少し考えてから、ちらっとエルドさんの方を見た。

「エルドさん、アルベートさんに少しだけ調味料の秘密を話してもいいですか？」

「そうだな。協力するなら、俺も話しておいた方がいいと思う」

エルドさんが頷いたのを確認して、私は少しだけ私が作った調味料の秘密をアルベートさんに話した。

私が【創作魔法】の件は伏せて、調味料に関することを最低限の範囲で伝えると、アルベートさんは目を丸くしていた。

こんな子供が噂になるほど有名なソースを作ったなんて考えられないのだろう。

アルベートさんはしばらくの間言葉を失っていた。

「な、なるほど。アン様が魅惑のソースを作っていたのですか。すみません、エルド様が作っているのかと勘違いをしておりました」

「店主はエルドさんになるので、問題ないです。それに、日に日にうまくなっていくので、最近は結構任せることも多いです」

私がそう言うと、隣にいたエルドさんは得意げな顔をしていた。

本当に何をどうしたら、急にあれだけうまくなるのか分からない。

それだけ、エルドさんの成長速度はすごい。

私は少し逸れてしまった話を戻した。

「ただ私が作ったソースを使っても、期待されているような解毒ができるかどうか分かりません。元々、治癒魔法はおまけみたいなものなので」

治癒魔法は、マヨネーズとケチャップを作った時に、偶然付与できてしまったもので、そこに強い効果を期待したことはない。

だからそこを頼られてしまうと、期待に応えられるかどうか分からないのだ。

「というか、解毒だったら教会に頼んだ方がいいんじゃないか？　いや、ポイズンモスくらいの毒なら、冒険者でも治せる者だっているだろ？」

エルドさんは不思議そうに眉をひそめる。

エルドさんの言う通りだと思い、私も激しめに頷いてみたが、アルベートさんは小さく首を横に振った。

「解毒は済んでいるんです。問題は衰弱がひどくて、なかなか体調が回復しないことでして。少しでも食事をしてもらえるような、体力がつく料理を作っていただきたいのです」

「なるほど……分かりました。そういうことでしたら、可能な限りやらせていただきます」

私はそう言うと、気合を入れるように両頬を軽くペチンッと叩いた。

やると決めた以上は、徹底的にやってやる！

ただ屋台で売っているケバブ風焼き鳥を作るのではなく、もっと他の調味料を作って、そこに治癒魔法以外の魔法を付与できるかとか、いろいろ試してみよう。

以前、調味料を作る時に魔法の質を変えたら、他の魔法の付与もできるんじゃないかと思ったことがあった。

それをいきなり実践で試す時がやってきたのかも。

うまくいくかどうかは分からないけど、できる限りのことはしてみよう。

そんなやる気をひっさげて、私たちはエリーザ伯爵の屋敷へと向かったのだった。

◇

馬車でしばらく走った後、私たちはエリーザ伯爵の屋敷に無事到着した。

到着してすぐに通された部屋で待っていると、エリーザ伯爵は付き人に体を支えられながら、私たちの前に現れた。

「君たちが噂に聞く魅惑のソースを作る料理人か……わざわざ来てもらって申し訳ないね」

年齢的には四十代くらいかな？

赤みがかった髪をしていて、口調はフレンドリーな印象だ。

多分、頬がこけている状態でなければ、その口調に合った優しい雰囲気漂う男性なのだろう。

……エリーザ伯爵、話には聞いていたけど、結構やつれている。

「もったいないお言葉、ありがとうございます」

エリーザ伯爵はエルドさんがそう言った後、視線をちらっと私の方に向けた。

そして一瞬、不思議そうな顔をしたが、すぐにその表情を柔らかいものに変えた。

なんで子供がここにいるんだろうって思ったのかな？

「最近食欲がなくてね。食が進む料理を作ってくれることを期待しているよ……キッチンと客間は好きに使っておくれ」

「承知しました。期待に応えられるように精進させていただきます」

「無理はしないでいいからな。それじゃあ、食事の時間を楽しみにしているよ」

そう言うと、エリーザ伯爵は付き人に体を支えられながら部屋を後にした。

貴族ってもっと傲慢《ごうまん》なイメージがあったけど、物腰の柔らかい人だったなぁ。

使用人たちにも好かれるのも納得がいく。

エリーザ伯爵に続くように、アルベートさんもお茶を取ってくると言って部屋を出ていった。

部屋に私と二人きりになると、エルドさんは部屋にあったソファーに深く座った。

「ふぅ……伯爵位の人とやり取りするのは、さすがに緊張するな」

気を張っていたのか、エルドさんはエリーザ伯爵がいなくなると、息を吐いてからリラックスしていた。

子供の私はただじっとしていればいいだけだったが、大人になると貴族相手に失礼はできないのだろう。

私が思う以上に、貴族を相手にするということは大変らしい。

先ほどまでは強張っていたエルドさんの表情が、今はずいぶんと緩んでいた。

屋敷に着いた後は庭で待機をしているシキにも、今のエルドさんの姿を見せてやりたいと思うくらいだ。

「エルドさん、だらしない顔になってますよ」

「いいんだよ。アンも今は顔をだらけさせておけって」

すごく気持ちよさそうに休んでいるエルドさんの姿を見て、私も少しだけやってみようと思い、エルドさんと並んでソファーに足を投げて座った。

全身の力を抜いて高級なソファーに身を任せると、ふかふかな感触が体を支えてくれて心地いい。

「アン、人のこと言えない顔してるぞ」

私が顔の力を抜いてぼーっとすると、エルドさんが笑っているのが見えた。

「いいんですよ。ていうか、エルドさんがそうしろって言ったんじゃないですか」

しばらくそのまま、時計の音だけが聞こえる空間でアルベートさんのお茶を待っていると、エルドさんがぼそっと言葉を漏らした。

「……まさか、貴族相手に料理を作る日が来るなんて、思ってもみなかったな」

「ですねぇ」

「本当、アンと一緒にいるといろんなことが起こるな。たくさんいい経験をさせてもらっている気がするよ……ありがとうな」

エルドさんはそう言うと、隣に座る私の頭をわしゃわしゃと撫でた。

一瞬、トラブルメーカーとでも言いたいのかと思ったが、エルドさんの優しい目は、むしろ今の状況を楽しんでいるように見えた。

私はエルドさんに頭を撫でられて、心地よく目を細める。

「どういたしまして、でいいんですかね？」

「ああ、いろいろと感謝してるんだぞ」

「そうですか？　それならよかったです」

まさか、このタイミングでお礼を言われるとは思わなかった。

私はストレートな言葉に照れくさくなって、話題を変えようとする。

「ええっと、エリーザ伯爵に何を作りましょうか？」

「あれ？　ケバブ風焼き鳥を作るんじゃないのか？」

エルドさんが意外そうな顔をして食いついたので、私はこのままエリーザ伯爵の料理の献立《こんだて》を考えることにした。

「それも悪くはないんですけど、せっかくなんで、エリーザ伯爵に合わせたものを作ろうかと」

エリーザ伯爵がもっと元気な状態だったら、ケバブ風焼き鳥でもよかったけど、かなり頬がこけてたし、消化器官に優しいものの方がいいだろう。

消化しやすくて、新たな魔法を付与させた調味料を使った料理。

そうなると、やっぱり必要な調味料はあれになってくるかな。

アルベートさんが運んできてくれたお茶を飲みながらアイディアをまとめた私は、その後すぐに屋敷の調理場に案内してもらった。


エルドさんと共に向かった調理場で、私たちはその設備の充実ぶりに驚いていた。

調理器具もコンロも、私たちが屋台で使っているのと大違いだ！

まさか、ここまで違うとは……

おっと、感動してるだけじゃだめだよね。

調理器具が並ぶ中で、私とエルドさんは小皿を数個だけ出して調理場に立った。

そして、いざアイディアを試そう……とした時、やけに多くの視線を感じた。

振り向くと、この屋敷のシェフたちがじっと私たちのことを見ていた。

さすがに、こんなに多くの人たちに私のスキルを見せるわけにはいかない。

何もない状態から調味料ができるという摩訶不思議な現象は、今のところはエルドさんとシキ以外に見せるつもりはないのだ。

急遽アルベートさんに頼んで、調理場を貸しきりで使わせてもらうことにした。

数ある調理器具には手をつけず、私たちの前には数個の小皿があるだけ。

さて、とりあえず実験しないとね。

料理の準備の前に、新たな調味料を作らなくちゃ。

その新しい調味料が、今回のアルベートさんからの依頼を達成できるかどうかの鍵になる。重要な作業だ。

「今回はどんな調味料を作るんだ?」

「万能調味料、『めんつゆ』を作ろうと思います!」

これ一本あればなんでも作れると言っても過言ではない、最強の調味料めんつゆ。

昆布つゆとか、似ている調味料もあるけど、今回は慣れ親しんだめんつゆを作ろうと思う。

「めんつゆ? また初めて聞くものだな。そんなに万能なのか?」

「私の前世では、めんつゆがあればなんでもできるとまで言われていましたよ」

「そ、そんなにすごいものなのか」

エルドさんは生唾を飲み込んで、まだ何も入っていない小皿をじっと見た。

……なんでもは言いすぎかもしれない。

でも、最悪根菜をぶっこんでめんつゆで味つけすれば、それで美味しい煮物ができるもんね。

それに親子丼にもかつ丼にも使える優れもの。

料理のバリエーションを広げるにはもってこいの調味料だ。

181　フェンリルに育てられた転生幼女は『創作魔法』で異世界を満喫したい!

「ただ、問題点もあります」

「問題点？」

「めんつゆを作るためには、その元となる調味料を何類種か新しく作る必要があります」

実はめんつゆをどのように作るのかは、事前に【全知鑑定】で調べておいた。

その結果、新しい調味料が何種類か必要だと分かったのだ。

だからそもそもの問題として、めんつゆを作る上で必要な調味料を作れないと、どうにもならない気がする。

うん、気合を入れて取り組もう。

「何種類か必要って、ケバブ風焼き鳥の時と同じじゃないのか？」

「え？　……あっ、そういえば、そうでしたね」

エルドさんにさらっと言われて、私は目はぱちくりさせた。

確かに、何類種か必要という点では同じなのか。

いやいや、でも、今回は作る難しさが違うんだってば……

そう考えながら私がめんつゆを作る上で必要なものを頭に思い浮かべると、すぐに小さな画面が表示された。

そして、そこには次のように書いてあった。

全知鑑定：めんつゆの原材料
醤油《しょうゆ》、みりん、鰹節《かつおぶし》

ケチャップやマヨネーズより難しい理由がこれ。

そう、今回は発酵《はっこう》食品が絡んでくるのだ。

醤油はもちろん発酵食品。みりんは……あれ、どうだったっけ？

詳しいことは分からないけれども、とにかく醤油は絶対に発酵食品だったはず。

そして問題は、私が【創作魔法】で発酵食品を作れるか、ということだ。

発酵食品を作れるか否かで、今後の調味料作りにおいても大きな影響が出てくるだろう。

「とりあえず、醤油から作ってみましょうか」

「醤油……また知らない調味料だ」

むむっとエルドさんが隣で考えているのを横目に、私は醤油作りに取りかかった。

醤油を頭にイメージしながら【全知鑑定】のスキルを使うと、めんつゆの画面はそのままで、別の新たな画面が表示された。

全知鑑定：醤油の原材料
大豆《だいず》、小麦、塩

あ、原材料はこれだけなんだ。意外に簡単なのかな？

いやいや、逆にこれだけの原材料で、あの味を作り出すって、相当作り方が複雑なのでは？

日本人には馴染み深い、醤油という調味料。

まさか、幼い頃から慣れ親しんだあの調味料を、自分で作る日が来るなんて思いもしなかった。

というか、前世の世界でも、一人で醤油を作ろうなんて考える人は少ないのでは？

私は少しの不安を抱きながら、ぐっと覚悟を決めた。

おそらく、【創作魔法】を使う時に必要なのはイメージだ。

醤油の味も舌触りもちゃんと覚えている。

日本人なら口にする機会の多い調味料だし、関東の醤油をイメージするのは容易い。

私は【全知鑑定】で表示された原材料を見ながら、近くの小皿に手のひらを向けた。

そして醤油に必要な原材料と味などを想像しながら、魔力で醤油を形成するイメージを膨らませていく。

さすがに簡単にはできないかな？

そう思いながら魔力を込めていくと、小皿が微かに光った。

光ったということは、もしかして――

「で、できてる。これ絶対に醤油でしょ！」

慌てて小皿の中を覗き込むと、そこには黒茶色の液体があった。

私は指の先をその液体につけて、舌の先で舐めた。

すると、食べ慣れたあの味が口の中に広がった。

慣れ親しんだ味のはずなのに、転生してから食べたのが初めてだったせいか、その衝撃で私はテンションがぐんっと上がってしまった。

「エルドさん、できました！　正真正銘、醤油です！」

私が興奮して腕をぶんぶん振りながらそう言うと、エルドさんはそんな私の姿に驚いている。

……そういえば、ここまではしゃいだ姿はエルドさんに見せたことがなかった気がする。

後から恥ずかしくなってきた。

エルドさんはにっと笑ってから、何も言わずに小皿に指を入れて醤油を舐めた。

「んんっ、しょっぱいな。でも、ただしょっぱいだけではないな。なんだ、この深みは……」

「エルドさん、醤油のよさが分かるとはなかなか日本通ですね」

「にほんつう？　よく分からないが、褒められているのか？」

エルドさんは首を傾げていたが、私が頷くと、得意げな笑みを浮かべた。

まさか、醤油のよさまで分かってくれるとは思わなかった。

もしかしたら、エルドさんの舌は日本人の舌に近いのかな？

そう考えながら、私は次の目的を達成するために、次の小皿に手のひらを向けた。

そうだ。あくまで今回の目的はめんつゆを作ること。

それに醤油の他にも作らなければならないものがあるのだ。

私はめんつゆを作るのに必要なもう一つの調味料を脳内に浮かべて、その調味料の原材料を調べるために【全知鑑定】を使用した。

すると、醤油の画面を表示していた鑑定結果の隣に、また別の画面が表示された。

全知鑑定：みりんの原材料
もち米、米麹《こめこうじ》、焼酎《しょうちゅう》

みりんって味からは全然想像できなかったけど、こんな原材料だったんだ。

まさか、この原材料からあの甘みが出るとは思わなかった。

砂糖とか使ってないいんだ。

みりんの意外な鑑定結果に驚きながら、私は何も入っていない新しい小皿に手のひらを向けた。

醤油もできたし、多分、みりんも作れるはず。

そう思いながら、頭の中でみりんに必要な原材料と味、触感と香りを想像して、【創作魔法】を使った。

すると、小皿の上が微かに光った。

「ということは、こっちも成功？」

何も入っていなかったはずの小皿の中には、透明がかった黄色の液体が入っていた。

液体のとろみを見て、私は早くも笑みを零す。

確認のために、小皿の中にある液体を舐めてみると、その甘みと舌触りはみりんと同じものだった。

「うん、成功です。この二つができたってことは……」

目的のめんつゆ完成は目の前ということになる。

私が小皿に入っているみりんを見て微笑んでいると、エルドさんがその小皿を覗き込んだ。

「こっちも、そんなにうまいのか？」

エルドさんは少しわくわくした様子で、小皿に入っているみりんに指の先を浸した。

そしてそれを口の中に運んだ瞬間、顔が歪んだ。

「うわっ、甘っ。アンにとってはこれもうまいのか？　まぁ、甘いから女の子には人気なのかもしれんが……」

「違いますよ。これは単体では使いません。他の調味料と一緒に使うんです」

みりんだけで味つけしたら、ものすごく甘々な料理になってしまう。

みりんは料理に少し甘さが欲しい時に使うものというイメージだ。

しかし、エルドさんは私の言葉を聞いてもあまりしっくりこなかったのか、頭にはてなマークを浮かべていた。

何はともあれ、醤油とみりんを作れたので、これでめんつゆを完成させることもできるだろう。

「めんつゆを作る下準備はできましたね。後は、どんな魔法を付与させるかです」

ただのめんつゆだけ作っても、エリーザ伯爵のための料理にはならない。

ここから、エリーザ伯爵の体調に合った料理を作りたい。

そう考えながら、私は完成した醤油とみりんに目を向けて【全知鑑定】のスキルを使った。

全知鑑定：魔法の醤油
日本の関東醤油を模して作ったもの
付与効果『治癒魔法・小』

全知鑑定：魔法のみりん
日本のみりんを模して作ったもの
付与効果『治癒魔法・小』

一応確認してみたけど、やっぱり普通に調味料を作ると、付与効果は治癒魔法だけがつくらしい。

それも『小』という表示からして、効果が薄いのだろう。

今のエリーザ伯爵の体調を考えると、もっと体調を回復させる効果が欲しい。

もちろん、治癒魔法もある程度はあった方がいいだろう。

魔力の質を変える作業自体は、フェンリルとして育てられ、物心ついた時から魔法を使ってきた私にとっては難しくはない。

問題は、どうやって滋養強壮になる効果が出るように、魔力の質を変えるか。

滋養強壮の効果がある料理の味といえば、にんにくみたいにガツンと来る味や、うなどのような満足感のある味って気がする。

それらをイメージしながら、魔力を少し調整してみようかな？

「……うん、いける気がします。本命のめんつゆを作っていきましょう」

【全知鑑定】によって表示されている原材料を確認しながら、そこにめんつゆの味と触感、香りと舌触りを想像していく。

そして今までと魔力の質を少し変えてみて、魔力の量も多く込める。

滋養強壮の効果を強くイメージして、めんつゆのすっきりした感じと奥深さを表現するようにして……

私がいつも以上に強い魔力を込めると、小皿が強い光を放った。

小皿の上にあったのは、醤油を少し薄くした色の液体だった。

「見た目は……うん、できてる」

ドキドキしながらそこに指の先をつけて舐めてみると、すっきりとした味わいの中に奥深さがある上品なめんつゆの味が広がってきた。

「め、めんつゆだ。でも、なんか想像以上に上品な仕上がりになってる気がする」

滋養強壮でうなぎを強くイメージしたせいか、妙に上品な味わいのめんつゆができてしまった。

まぁ、美味しいからいいんだけどね。

後は、魔法の付与がうまくいったか確認しなくちゃ。

私はめんつゆをじっと見て、【全知鑑定】のスキルを使った。

すると、めんつゆの原材料が書いてあった画面の文字が別の文字に変わっていく。

そして、その画面には次のような文字が表示された。

全知鑑定：魔法のめんつゆ
日本のめんつゆを模して作ったもの
付与効果『治癒魔法・中』『滋養強壮・中』

そこに表示されたそれらの文字を確認した私は、ひと仕事終えた達成感と成功した喜びで両手をぎゅっと握って笑みを零した。

やった！　大成功だ！

「ほぅ、これが万能調味料のめんつゆってやつか？」

「はい、いろんな意味で万能になりました」

治癒魔法だけでなく、滋養強壮の効果まで付与されているから、これは万能と言っても差し支えないだろう。

それも、付与の状態が『小』から『中』に上がったという新仕様。

きっとこの調味料を使って料理をすれば、エリーザ伯爵の体調もよくなるはずだ。

「いろんな意味で万能？」

「ぜひ舐めてみてください」

私が自信満々でそう言うと、エルドさんはめんつゆに指の先をつけて、それを舐めた。

そして目を見開き、その味に衝撃を受けていた。

「おおっ、うまいな！　醤油みたいな見た目だと思ったけど、少し甘い感じとか、奥にある旨味が醤油とは別物だ！　なんか高級品みたいな味わいがある！」

「めんつゆの美味しさまで分かるとは、さすがです」

「いやいや、さすがなのはアンの方だろ。よくこんなすごいもの作れるな」

エルドさんはそう言うと、私の頭を撫でながら褒めてくれた。

私は得意な顔で笑みを浮かべながら目を細める。

「ふふっ、ありがとうございます。この調味料を使った料理にも期待していてください」

「一体、どんな料理を作るんだ？」

エルドさんはごくっと生唾を飲み込んで、私を見た。

何かすごい期待をされている気がする。

……いや、健康体のエルドさんが満足できるような、がっつりしたものではないんだけど。

「幸いなことに、この厨房にはお米がありました。そして新鮮なクックバードの卵もある。このことから、病人には定番メニューである雑炊《ぞうすい》を作ろうと思います。病人の定番といえばおかゆもありますけど、私的には雑炊の方がお米の感じが残っていて好きだし、そっちの方が美味しいから」

まさかこの世界にも米があるとは思っていなかったけど、これは嬉しい誤算だ。

まぁ、パンがあるなら穀物があるってことで、米があってもおかしくはないよね。

せっかくなら、今度街の方でも米が売っている場所を探してみようかな？

米があるというだけで屋台で出せる料理も変わってくるし、何よりも日本人だから米を食べたいしね。

そう考えながら、私はエルドさんを見る。

「え？　おかゆ？　なぁアン、その雑炊ってやつはおかゆに似てるのか？」

「え、おかゆを知ってるんですか？」

エルドさんは少しだけつまらなそうな顔をした。

「おかゆって、あれだろ？　あの塩味だけのしゃばしゃばのやつ」

エルドさんの表情と言葉から察するに、おかゆは美味しくないものという認識らしい。

確かに塩味だけで梅干しもなかったら、私もおかゆが美味しいとは思えないかも。

「エルドさん、おかゆと雑炊は似て非なるものです。そして何よりも、私たちにはこれがあります」

私がめんつゆを指差して胸を張ると、エルドさんは何かに気付いたようだ。

「……あ、そうか。めんつゆを使うんだったな！」

「はい。雑炊は雑炊でも、少しだけ豪華な雑炊を作ろうと思います」

伯爵様に出すのだから、具のない雑炊を作るわけにはいかない。

消化がよくて美味しくて、それでいて貧相にならない絶妙なラインで料理をする必要がありそうだ。

前のめりになったエルドさんを見て小さく笑ってから、私はさっそく料理に取りかかることにした。


さて、ここからは料理の時間。

まず初めに鍋《なべ》にめんつゆと水を適量入れて、それをひと煮立ちさせる。

その後に、クックバードの胸肉を一口大に切って入れ、お肉に火を通す。

そこに見た目はネギにしか見えない異世界の野菜を斜め切りにして、それも鍋の中に入れて煮込む。

具材の量は入れすぎないように注意する。

あくまで、雑炊の主役が米であることを忘れないようにしなければならない。

具だくさんにしすぎると、雑炊感が薄れちゃうしね。

後は、この厨房にあるキノコの中で一番旨味があるとされているキノコを切って、鍋に入れてコトコト煮込む。

本当は干ししいたけを水に漬けてダシを取るのだが、あいにく干したキノコがなかったので断念。

ある程度、料理の手順とか原材料が合っていれば問題はないよね。

それに、さっき作っためんつゆにはちゃんと鰹節のダシの風味も感じたし、別にダシを取らなくても大丈夫なはずだ。

野菜がクタクタになるくらいまで煮てから、炊いたご飯を鍋に投入する。

そして、ご飯が少しふやけたくらいのタイミングで火を弱めて、そこにクックバードの溶き卵を投入。

数秒して卵に軽く火が通ってきたら、優しくお玉でかき混ぜて、ゆっくりと卵に火を通せば完成だ。

「できました。『鳥卵雑炊』です」

「おお、これが雑炊か。すごくいい匂いがするな」

エルドさんの方を振り向くと、エルドさんは鼻をひくひくとさせていた。

雑炊の香りに夢中になっているみたいだ。

今にも涎《よだれ》を垂らしそう。

エリーザ伯爵のために作ったと言っても、この雑炊を食べたい気持ちは私もエルドさんも同じ。

……味見をしないでエリーザ伯爵にお出しする方が失礼だよね、うん。

そのために、少し多めに作ったわけだし。

私は用意した小皿二つに少しだけ雑炊をよそって、その一つをエルドさんに手渡した。

「え？　俺が食べてもいいのか？」

「もちろんです。あくまで味見ですけどね」

私が目配せすると、エルドさんはそれ以上は何も聞いてこなかった。

そして、私たちはスプーンを片手に、できたばかりの雑炊を口に運んだ。

「んんっ！　うまっ、なんだこれっ！」

「これは……想像よりも美味しいものができてしまいました」

前世で食べた雑炊とは別物だった。

上品なダシの風味が口に広がり、ふわふわの卵の触感が心地いい。また、雑炊のスープを吸った米は優しい口当たりだった。

日本の料亭にでも出てきそうな繊細な味で、私は自分で作っておきながらわけが分からなくなっていた。

「なんでこんな上品な味が……やっぱり、魔法のめんつゆが影響してるのかな？」

「これは食欲がなくても食べられる優しい味だな。なんか少し食べただけなのに、心なしか元気が出てきた気がする」

「あっ、治癒魔法だけでなく、滋養強壮の効果もついているのでそのせいだと思いますよ」

私がさらっとそう言うと、エルドさんはバッと勢いよく私を見た。

「『滋養強壮』の効果!?　それって、特別な野菜から抽出されるエキスを濃縮させたポーションじゃないと得られないやつだろ？　話に聞いたことはあったが、まさかそれを食べるだけでこんな効果が得られるなんて……」

あれ？　滋養強壮効果の付与ってかなり珍しいことだったんだ。

しばらくの間、言葉を失って驚いているエルドさんを見て、付与した魔法が普通ではなかったことに気付いた。

というか、付与効果の欄に載ってはいたけど滋養強壮ってそもそも魔法なのだろうか……？　まぁ、この世界では魔法として扱われてるみたいだし、いいか。

そんなことを思いながら、私たちは鳥卵雑炊をエリーザ伯爵の元へ届けることにした。

雑炊は時間が経てば経つほど米が水分を吸ってしまうので、できたら早く召しあがってほしい。

そうお願いすると、すぐにエリーザ伯爵の元に料理を運んでもらえることになった。

……そしてしばらくして。なぜか私たちも、エリーザ伯爵が食事する場に同席することに。

な、なんで？

大きな広間に通されて、隣で背筋を伸ばしているエルドさんに倣い、私も背筋を伸ばして立つ。

そんな私の姿を見たエリーザ伯爵は、微笑ましいものを見るような笑みを私に向けていた。

作った料理を食べた人の反応を近くで見られるのは嬉しいけど、その反面、緊張もすごくしてしまう。

エリーザ伯爵に笑みを返そうとしても、その笑顔がどうしても硬くなってしまった。

「エリーザ伯爵、こちらになります」

アルベートさんが運んできた鳥卵雑炊は、高級感のある皿に盛られているせいか、すごく品のある食べものみたいになっていた。

近くにいた使用人さんたちもその匂いを嗅いで、生唾を飲み込んでいる。

「素晴らしい香りだな。これは、米か？　ということはおかゆ？　いや、おかゆというほど米が原形を留めていないわけではないようだ」

エリーザ伯爵は目の前に置かれた鳥卵雑炊を観察していた。

なんか一瞬、食べ盛りの中高生男子みたいな顔してなかった？

確か、最近は食欲がなくなっていると聞いていたが、とてもそんな人が浮かべる表情には見えない。

エリーザ伯爵はスプーンで鳥卵雑炊を掬《すく》うと、香りを楽しんでからそれを口の中に運んだ。

「……おおっ！　これは、奥ゆかしさと仄《ほの》かな甘みが口に広がり、そこに溶け込んでいた旨味が押し寄せてくる……な、なんだ、この美味しい食べものは」

一口、また一口とスプーンが止まらなくなったエリーザ伯爵は、目を見開きながらそう言うと、エルドさんの方に勢いよく顔を向けた。

おおっ、まさか伯爵様がこんなに喜んでくれるとは。

私が気付かれないように小さくガッツポーズをしていると、エルドさんが微かに口元を緩めて私の方をちらっと見た。

「鳥卵雑炊という食べものです。私はただの付き添いでして、このアンが料理を担当しました」

私は急に話を振られた驚きで固まった。

驚いたのはエリーザ伯爵も同じのようだった。

いや、私以上にエリーザ伯爵の方がびっくりしているみたい。

「なんと、その子が作ったのか……鳥卵雑炊か、初めて聞いた名前だが、自然と食が進む食べものだ、これは」

エリーザ伯爵はそう言いながら、鳥卵雑炊の匂いに誘われてすぐにまたスプーンを動かして、雑炊を食べる手を止めようとしなかった。

どうやら、私の想像以上に気に入ってくれたらしい。

「あの、旦那様《だんな》。あまり急いで召しあがると、胃によくないのでは？」

あまりにもガツガツ食べている姿を見て心配したのか、アルベートさんが微かに声を震わせていた。

「そんなこと言っている場合か。これは……まだ、おかわりはあるのか？」

「ええ、まだありますけど。あの、やはり少しずつ食べた方がよろしいのでは？」

「少しずつなど無理だ。不思議だ、食べているだけで体調がよくなってきた気がする」

エリーザ伯爵は鳥卵雑炊をあっという間に平らげると、アルベートさんにおかわりを持ってくるように言った。

エリーザ伯爵に急かされて、二杯、三杯とおかわりを持ってくるアルベートさんは、とても大変そうだ。

あれ？　今一瞬、アルベートさん泣いてなかった？

そう思って周りを見てみると、他の使用人さんたちも鳥卵雑炊を食べるエリーザ伯爵の姿を見て涙を流していた。

表情は笑っているのに、泣いている。

それが嬉し泣きだと理解するのに、少し時間を要した。

エリーザ伯爵の回復の兆しが見えたことが嬉しくて泣いているのだろう。

それだけエリーザ伯爵は慕われているんだ。

すごいな、エリーザ伯爵って。

胸の奥に広がるじんわりとした温かさに浸っていると、ふいに頭の上に優しい手がぽふっと置かれた。

見上げるまでもなく誰の手か分かってしまうくらい、私はその手を受け入れていた。

「すごいことだぞ、アン。アンがこれだけ多くの人の不安を取り除いたんだ」

自分なりに頑張ったけど、それでも私はただ料理を作っただけにすぎないと思っていた。

それなのに、そんな風に今の状況を言語化されると、なんだか自分がすごいことをしたみたいな気がした。

優しく頭を撫でてくれるエルドさんの手を心地よく感じながら、私はまっすぐ褒められたことが恥ずかしくて、少しだけ目を伏せた。

「エルドさん。エリーザ伯爵の前ですけど、私を撫でていいんですか？」

「大丈夫だ。誰も俺たちのことなんか、まともに見えちゃいないさ」

「……ですね」

アルベートさんを含めた使用人さんたちの目は、涙でぼやけているから、エリーザ伯爵を含め、周囲のことはよく見えていないだろう。

涙で周りがよく見えていないのは、エリーザ伯爵も同じみたいだし。

涙を零しているアルベートさんとエリーザ伯爵の姿を見て、なんだか似た者同士だな、と思って私は小さく笑みを浮かべた。

第十一話　執事アルベートの心境

少し前の話。

「まただめでしたか……」

旦那様の寝室から出た廊下で、私――アルベートは一人でそう呟いていた。

旦那様にお仕《つか》えして長いが、ここまで弱った姿を見たのは初めてのことだった。

思わずため息を漏らしそうになっていると、使用人の若い女性が心配そうに私の顔を窺《うかが》っていたことに気が付いた。

急いで顔を引き締めてみたが、私を見つめている女性の顔は晴れることなく、その表情のままこちらに近づいてくる。

「アルベート様、少しお休みになられては？」

「いえ、私は何も問題はありません。それよりも、今は旦那様のことを考えなくては」

私は使用人の女性にそう言ってから、表情を引き締めた。

そして、旦那様が一口だけかじった異国のフルーツが乗った皿を厨房に戻すことにした。

弱っている体によく効くと聞いたが、これもだめだったようだ。

私は皿を厨房のテーブルに置いてから、ため息を漏らした。

旦那様がポイズンモスの毒の被害に遭《あ》ってから、どのくらいの日が過ぎただろうか？

お医者様には、解毒はすでに済んでいるので、後は回復を待つしかないと言われていた。

しかし、一向に旦那様の体調は回復しない。

それどころか、日に日に弱っていく。

大国で賢者と言われている魔法使いや、体の回復にいいとされている食べものに頼ってみたが、体調が回復する見込みがない。

それでも、ここで諦めるわけにはいかなかった。

「異国のフルーツもダメとなると、今度は秘薬と名高い木の実を手に入れますか」

背広の内ポケットからメモを取り出して、それに目を落とす。

「他には、珍味を漬けたお酒があると聞いたので、それも取り寄せてみましょう」

私が取り出したメモには、病や体の回復にいいとされている薬や食べものの名前が書かれていた。

リストアップしたものは数十を超え、紙の端までびっしりと埋まっていた。

しかし、それらの候補のほとんどが斜線で消えていた。

斜線を引いたものは、すでに試したが効果がなかったものだ。

試せるものは片っ端から試してみたが、旦那様の体調を回復させるようなものは一つもなかった。

斜線のない、試していない候補は残りわずか。

……問題ありません。また候補をピックアップすればいいだけですから。

そう思っているはずなのに、候補が減っていくたびに心が削られていく。

旦那様を救える可能性が少しずつ狭《せば》まっていくのが目で見て分かるというのは、決して心に優しくない。

「アルベート様。旦那様のものでしたら、私が代わりに買ってきますよ」

厨房で少し考え込んでいると、同僚の男が私の顔を覗き込んでいた。

まさか、こんなに近くにいたのに、声をかけられるまで気付かなかったとは。

少しばかり注意が散漫になっているみたいですね。

「いえ、ご心配なく。何も問題はありません」

「しかし、しばらく休んでいませんよね？　顔色だってよくありませんよ」

誤魔化そうと思ったが、どうやら自分が思っている以上に疲れが顔に出ているらしかった。

それも仕方ないかもしれない。

「……動いていた方が、気が紛れるのですよ」

しばらくまともに寝ていないから、眠くないと言えば嘘にはなる。

しかし、寝ることができないから仕方ない。

寝ても覚めても旦那様のことが気になり、まともに寝つけないのだ。

私はそう言い残すと、その場を後にした。

それ以上私に声をかけてこなかったのは、多分なんと言っていいか分からなかったのだろう。

傍《はた》から見れば、今の私は異常に見えると思う。

自分でも、ただの使用人にしては働きすぎていることは分かっていた。

それでも旦那様のことを幼少期から見てきた私からすれば、何もおかしなことなどなかった。

私と旦那様との関係は、この屋敷で一番長い。

◇

以前、私は旦那様のお父様に仕えていた。

その頃少年だった旦那様は、今のように落ち着いてはおらずやんちゃで、屋敷を何度も抜け出してどこかに遊びに行ってしまうことが多かった。

伯爵家の息子が一人で屋敷を抜け出すなんてことはあってはならない。

当時の若い私は、足に自信があった。

だから抜け出した旦那様の後を追って、屋敷に連れ戻そうと考えた。

しかし旦那様の後を追った先で見た光景を目の前にして、私の中でそんな考えはすぐに消えてしまった。

「店主、串焼きを四本頼む」

「はいよ、よく飽きないな坊主」

「当たり前だろ。この雑な味の濃さがたまらん」

「いや、雑って……ワイルドって言え、ワイルドってな」

そこで見たのは、屋台の料理を前にしてテンションが上がっている、領主の息子ではない、ただの少年の姿だった。

年相応の笑みを浮かべながら、旦那様は串焼きを片手に、いろんな屋台を巡って楽しんでいた。

いつもは見せることのない、ただの少年の笑顔。

その笑顔を前にして、行儀が悪いからと屋敷に連れ帰るようなことはできなかった。

だから当時の私は毎回旦那様を探しにいっては、撒《ま》かれてしまったと嘘の報告をしていた。

あの笑顔だけは守らなければならない。

そう思ったからだ。

今になって考えれば、毎回撒かれたという報告をされた使用人の長《おさ》が、その話を信じていたとは思えない。

もしかしたらすべて分かった上で、毎回私に旦那様を探してこいと命令していたのかもしれない。

あくまで連れて帰るのではなく、見守るために行ってこいという隠れたメッセージがそこにはあった気がする。

◇

「……そういえば、街に不思議な屋台が現れたという噂がありましたね」

昔の屋台での出来事を思い出したせいか、最近街で有名な屋台の噂を思い出した。

なんでも、美味しいだけではなく、それを食べた人たちが元気になる魔法のような食べものが売られているのだとか。

屋台の料理にそんな効果があるとは考えられない。

それでも昔の屋台を楽しむ旦那様の笑顔を思い出し、その笑顔を取り戻してほしいという一念で、私はその噂の屋台に行ってみることにした。

そしてそこで、私はアン様とエルド様に出会うことになった。

初めて見たソースがかかったクックバードの焼き鳥は、食欲を刺激するものだった。

そのまま全部食べてしまいそうになる欲を抑えて、私はそのソースの正体がなんなのか、【鑑定】のスキルを使って調べてみることにした。

私の【鑑定】のスキルは、旦那様が何かを買いつける時や、見知らぬ人から贈り物をいただいた時に役立つようにと、鍛錬を重ねたレベルの高いものだった。

だから、元気が出るという噂がただの思い込みによるものなのか、本当に効果があるものなのか、調べるのは難しくはなかった。

「なんと……治癒魔法が付与されているんですか」

一見、ただの屋台の料理にしか見えない。それが、まさか魔法を付与した料理だったとは。

そもそも、料理に魔法を付与させようなんて考えも予想外だったし、そんな高度な技術を使っておきながら、この価格で売る理由が分からない。

破格すぎる。それも異常なくらいに。

一体、何を考えているのだろうか？

そんな興味と旦那様の体調が回復するかもしれないという一縷《いちる》の望みにかけて、私は屋台で働く二人に頭を下げて屋敷に来てもらった。

そして、二人が作った料理を出された旦那様は……それをかき込んで食べた。

その姿は、いつか屋台で見せた笑みを浮かべる少年時代の旦那様と重なり、私は瞳を潤《うる》ませてしまった。

まだ旦那様の体調が回復したわけではない。

それでも、屋台の料理をかき込んで笑みを浮かべた後は、以前のように元気な姿を見せてくれるだろうと思った。

誰よりも、その姿を長年見てきた私には分かるのだ。

私は零れてきそうな涙を隠しながら、おかわりを要求してきた皿を受け取り、その場を後にした。

まさか、本当に旦那様を回復させてくれたとは。

アン様とエルド様には感謝しても感謝しきれない。

ただその感謝を伝えるよりも先に、この涙を止めなくてはならない。

年老いた男の涙など、客人に見せるわけにはいかない。

そう思いながらもなかなか涙は止まらなくて、結局、旦那様におかわりを持っていくのに時間がかかってしまった。

そのせいで旦那様から小言をいただいてしまった。

それなのに、小言を言えるくらい元気になったことに喜んでしまい、思わず口元が緩みそうになる。

私は他の使用人たちが頬を濡らす姿から顔を背けて、もらい泣きで再び零れそうになっている目頭の涙をそっと拭うのだった。

第十二話　大評判

「アン様、エルド様。本日は本当にありがとうございました」

エリーザ伯爵の食事を終えて、客間に戻ってきた私――アンと、エルドさんは、アルベートさんから深くお辞儀をされていた。

「旦那様があんなに美味しそうに食事をしている姿を、久しぶりに見ました」

初めて会った時の心労を抱えた表情から一転、アルベートさんは心が晴れた柔らかい表情になっていた。

私はそんなアルベートさんを見て、嬉しさから笑顔になる。

「私たちとしても、あれだけ美味しそうに食べてもらえて嬉しかったです」

「あんな食べっぷりを見ていると、こっちまで食べたくなるな」

エルドさんにそう言われて、私も鳥卵雑炊を少ししか食べなかったことを思い出した。

もっと多く作っておけばよかったなぁ。

そう思いながら、なんであんなに美味しく作れたのか、今さら不思議に思った。

もしかしたら、めんつゆを作る時に滋養強壮の効果を強くするために、にんにくとうなぎをイメージしたのが原因かな？

特に、風味とか香りを想像する時に、うなぎの高級感をイメージした気がする。

その結果、めんつゆにしては奥深さのある味わいのものができたのかも。

……なんだろう、いろいろと考えていたら、もっとあの雑炊を食べたくなってきた。

「せっかくなら、皆さんの分も作っておけばよかったですね。使用人さんたちも食べたそうにしていましたし」

みんなエリーザ伯爵が食べている姿を食い入るように見ていたし、もっと多く作っておけば喜んでもらえたかも。

「あの、失礼かもしれませんが、また作っていただくことは可能でしょうか？」

「はい、アルベートさん。ここにある食材を使っていいのなら、可能ですよ」

そう答えると、アルベートさんは安心したように小さく息を吐いた。

「実を言いますと、あまりにも旦那様が感動していたので、他の者たちも食べたいと申しておりまして。特に料理長などは、『普段自分の作ったものは食べなかったのになぁ』とかなりショックを受けておりまして」

「そ、そんなにですか？」

料理長の心を傷つけてしまうことになるとは思わなかった。

そして、そこまで私の料理に関心を持ってもらえるとも思わなかったな。

「そういうことでしたら、全然作りますよ。あ、でも、少し多めに作ってもいいですかね？」

「はい、作っていただけるのなら、食材は存分にお使いください」

「ありがとうございます。その、外で待ってる食いしん坊にも食べさせたくって」

私が外をちらりと見ると、アルベートさんは「なるほど」と言って、くすっと笑った。

外にいる食いしん坊とは、言うまでもなく庭で待っているシキのことである。

多分、匂いだけ嗅がされて我慢の限界だろうから、多めに持っていってあげよう。

こうして私は、エリーザ伯爵の屋敷の使用人さんたちの分の鳥卵雑炊も作ることになった。

そして大量の雑炊を振る舞った私は、使用人さんたちが食事をする食堂で異常なくらいにもてはやされていた。

メイドさんたちは美味しいと言いながらわちゃわちゃし、料理人さんたちは私みたいな子供相手に尊敬の眼差しを向けている。

アルベートさんから聞いてはいたが、エリーザ伯爵は食事を満足に取らなかった期間が長かったらしい。

それなのに、私の料理はおかわりするほど滅茶苦茶食べていた。

その結果、料理人さんたちのすごい注目を集めることになったらしい。

なんか天才料理人みたいな扱いだ。

「うまっ！　何これ、風味がすごい！」

「何を材料にすればこんな深い味わいになるんだ……」

「初めまして、料理長のオリスです。一体どこで料理を学んだのか、師匠はどのような方なのか、詳しくお聞きしたいのですが――」

そんな風に言われてしまった。

ただめんつゆを使って雑炊を作っただけなのに。

「アン、せっかくだからシキと食べようぜ。アンの分も持ってきたから」

私がよく分からない専門用語を料理人さんから言われて、頭にはてなマークをたくさん浮かべていると、どこからともなくエルドさんが私の分の鳥卵雑炊を持って現れた。

「エルドさん……はい、そうします！」

私は料理人さんたちに頭を下げて、エルドさんの後ろをちょこちょことついていった。

よかった。せっかく作ったのに、自分は食べられずに終わるかと思った。

「エルドさん、助かりました」

「あれだけのものを作れば料理人だっていろいろ気になるだろうな。嫌だったかもしれないけど、許してやってくれ」

「みんな本気なんだって分かってるので、悪い感じはしませんでしたよ」

料理人さんたちが真剣にエリーザ伯爵の体調を考えて、いろいろと料理に挑戦していたということは伝わってきた。

エリーザ伯爵はそれだけ慕われる人なのだと、話の中で結構驚くこともあった。

「そういえば、エルドさん。可能であれば、数日間はここでエリーザ伯爵の料理を作ってくれないかって頼まれたんですけど、どうしますか？」

実は先ほど、料理長直々にそんなことを頼まれてしまった。

エルドさんの都合もあるだろうと思って、即答はしないで一時的にその答えは保留にしてもらっている。

エルドさんはふむっと考えてから続ける。

「俺もアルベートさんから同じこと言われたな。アンがどうしたいかで決めていいぞ」

「じゃあ、エリーザ伯爵の体調も心配なので、屋台はしばらく閉めてお休みを取って、数日間ここで過ごしますか」

「分かった。そうしようか」

そういえば、最近夜によく行っているエルドさんの大人の付き合いというのはいいのだろうか？ご飯を食べ終えてから毎日出かけているから、その付き合いが今日もあると思っていた。

詳しくは教えてくれないけど、大人の付き合いってなんだろう？

まぁ、エルドさん本人がいいと言ってくれた以上、問題はないか。

なんか私のことばかり優先してもらって申し訳ない気もするけど、その優しさに甘えることにしようかな。

そう考えながら屋敷の外にある庭を歩いていくと、すぐにシキの姿が見えた。

「アン、遅かったではないか」

シキのすぐ前には大皿が置かれていて、そこにはすでに雑炊が大盛りで盛ってあった。

シキは冷静を装ってはいるが、雑炊の匂いを嗅ぎすぎたのか、今にも涎を垂らしそうだった。

「シキ、待っててくれたんだ。先に食べててもよかったのに」

「そういうわけにもいくまい。ずっとご飯は一緒に食べてきたからな」

シキは伏せをした体勢のまま、当たり前のことのようにそう言った。

屋敷の庭で、三人一緒で食べる食事。

屋敷の中で高価な椅子に座って食べる方がいいに決まっているのに、ここがこんなに落ち着くのはなぜだろう。

「じゃあ、いただきますか」

雑炊の香りを前にして、これ以上待てなくなったエルドさんと、大皿を前に尻尾を振っているシキの姿にふふっと笑ってから、私は雑炊を口に運んだ。

多分、三人でご飯を食べるという状況が落ち着くんだろうなあ。

そんなことを一人で考えながら、私はゆっくりと三人の時間を過ごすのだった。

第十三話　エリーザ伯爵の心境

「旦那様、顔色がよくなりましたね」

「ああ。アルベートから見てもそう見えるか」

アンとエルドという料理人が屋敷に来てから、数日が経過した。

俺――エリーザはアンの料理を食べるたびに元気になっていく体調に周囲も驚いていたが、それ以上に驚いているのは自分自身だった。

まさか、ただの食事でここまで体調がよくなるとは。

ただ美味しいだけではなく体も回復させる料理に、俺は感動していた。

◇

ある日の仕事の帰り道、俺はポイズンモスの毒を浴びてしまった。

しばらくの間、毒の症状に悩まされて、俺はポイズンモスの毒とは思えないくらいに苦しんだ。

それでも医者や神官は、解毒が終われば、後は自然に体力の回復を待てばいいと言っていた。

別に、彼らの言葉を信じていないわけではない。

それでも、自分の体調というものは、やはり自分が一番深く理解しているものだ。

……自然回復を期待できるような状態ではないだろう。

そう考えながら、それ以外に手段がないと言われてしまえば、その指示に従うほかなかった。

そして、自然回復を祈りながら無理やりご飯を食べて、弱りきった消化器官で消化できない食べものを吐き出した。

そんな生活がしばらく続いた頃、俺は一人ではベッドから起き上がることができなくなるくらい衰弱してしまった。

日に日に弱っていく俺の姿を見て、周囲の人間は俺以上に俺を心配していた。

その中でも、一番心配していたのはアルベートだった。

アルベートは毎日、街から有名な神官や魔法使いを連れてくるだけではなく、体力の回復にいいという食べものをよく俺の部屋に運んできた。

普段の食事も食べられないのだから、異国のものなんか無理に決まってるだろう。

そう思って何度も断ろうとしたが、それを食べて俺の体調がよくなるのを切に願うような目で見られては、断ることができなかった。

心配していることを悟られたくないのか、ポーカーフェイスを決めてはいるが、微かに動揺した表情で見られれば、その心情くらいは伝わってくる。

普通、そんな病気の子供を心配するような目で、四十代の男を見るか？

そう思いながら、俺はその表情に気付いていないフリをした。

持ってきた食べものは一口だけなんとか食べて、アルベートが部屋からいなくなってからそれを吐き出すことにした。

……あんな心配そうな顔をされたら、食べられないなんて言えるわけがない。

そんな風に弱りきった消化器官で、アルベートが持ってくるものを少しは口にしていたが、一向に体調はよくならなかった。

そして、ついに栄養を取ることもままならなくなって、俺の体はみるみるうちに弱っていった。

もうだめかもしれない。

そんなことを考え始めた頃、アルベートが街で有名な屋台をやっているという料理人を連れてきた。

どうやら、俺が好きな屋台の飯なら食べられるだろうと思ったらしい。

よく屋敷を抜け出して街の屋台に遊びに行っていた時、毎回アルベートが物陰からじっと俺を見ていたことは知っていた。

それでも、アルベートは声をかけてこなかったし、俺もアルベートに声をかけることはなかった。

俺がアルベートを認識してしまったら、毎回俺を見失ったと報告しているアルベートの言葉が嘘になってしまう。

だから俺はアルベートの存在について、気付かないふりをしていたのだ。

要するにアルベートの厚意に甘えていたのだろう。

それでも病人に屋台の飯を食わすのはどうなんだとは思った。

しかし妙案を思いついたとでも言いそうな顔をされれば、断るわけにはいかない。

また一口だけ食べて残すことになるとは思うが、客人が来るのなら少しの間だけでも領主らしくしなければ。

そう考えて会った料理人は、アンとエルドという者だった。

ん？　少し早いお迎えでも来たのか？

一瞬天使と間違えるほどアンは可愛らしく、それでいて聡明な顔つきをしていた。

エルドの方は料理人と言うには体ががっしりしていて、どう考えても冒険者にしか見えない佇まいをしていた。

本当に二人とも料理人なのか？　とてもそうは思えんな。

異色の組み合わせの料理人が作る料理がどんなものなのか。

食欲はなくとも、多少は興味が湧いてきた。

そして、そんな二人が作った料理を前にして、俺はしばらくぶりに食欲というモノを感じた。

品のある香りが鼻腔《びくう》を刺激して、とろっとした卵が蕩《とろ》けている料理に、俺は自然と惹かれた。

「……おおっ！　これは、奥ゆかしさと仄かな甘みが口に広がり、そこに溶け込んでいた旨味が押し寄せてくる……な、なんだ、この美味しい食べものは」

たった一口食べただけなのに、気が付いた時にはその料理をかき込んでいた。

どう考えても、貴族らしからぬ食べ方だ。

それは分かっているのに、食べるのを止めることができなかった。

しばらくの間、一心不乱で食べていると、この料理を作ったのが先ほどの天使、もといアンという幼子だったことが分かった。

こんな子供が、ここまで奥深い味と品のある香りのある料理を作れるとは。

そう驚いた時、ふいに使用人たちが瞳を潤ませていることに気が付いた。

皆、俺が食べる姿を見て泣いているみたいだ。

なぜ四十を超えた男の食事風景を見て泣いているのか、一瞬分からなかったが、その使用人たちの表情を見て俺は悟った。

俺の回復を喜んで泣いているのか……

……まさか、使用人たちがここまで俺を慕っているとは思わなかった。

こんなにも俺を心配している人たちがいる。

それに気付いた胸の奥に、温かい何かが広がっていた。

この心の温かさはできたてのアンの料理によるものなのか、俺を心配している使用人たちの優しさによるものなのか。はたまた、その両方か。

「あの、旦那様。あまり急いで召しあがると、胃によくないのでは？」

そう思って目頭を熱くしていると、話しかけてきたアルベートの声が微かに震えていた。

ちらっとアルベートを見ると、その目は涙が零れていないことが不思議なくらい、潤んでいた。

俺はアルベートから急いで目を逸らした。

そうしないと、その涙に釣られて、喉の奥の方がきゅっと締まりそうになったからだ。

客人の前で、いい大人が二人して泣くわけにはいかん。

「そんなこと言っている場合か。これは……まだ、おかわりはあるのか？」

「ええ、まだありますけど。あの、やはり少しずつ食べた方がよろしいのでは？」

「少しずつなど無理だ。不思議だ、食べているだけで体調がよくなってきた気がする」

俺は何も気付いていないフリをして、アルベートにおかわりを要求した。

ついでにその涙を拭いてこい。それと少しだけ涙を堪える時間を俺にくれ。

そんなことを考えながら、アルベートが部屋を後にしても、熱くなってしまった目頭の熱は冷めなかった。

まさか命を救われただけではなく、周りにこんなに慕われていたことまで知ることになろうとは。

小さな料理人であるアンには、感謝しても感謝しきれない。

せめて、俺にできるお礼と……貴族としての精一杯の後ろ盾を。

そして感謝を伝えるためにも、まずは裏返りそうになっているこの声をどうにかしなければ。

俺はそんなことを考えながら、アンが作った料理をかき込んだ。

第十四話　お礼と呼び出し

私――アンはそれから数日間、屋台を閉めてエリーザ伯爵の屋敷で料理を作る日々が続いた。

エリーザ伯爵は鳥卵雑炊をやけに気に入ったようで、一日のうちに数回出すこともあった。

美味しいと言ってくれるのは嬉しいけど、ずっと雑炊ばかりでは作る方が飽きちゃうなぁ。

そんなことを考えながら、消化のいい食べものをいろいろと考えて、多くの料理を振る舞った。

やがて、エリーザ伯爵の体調が徐々によくなってきてからは、屋台でも出しているケバブ風焼き鳥などのジャンキーな料理も作った。

また、魔法のケチャップを使ったオムライスなんかも作った。

料理はどれも好評で、エリーザ伯爵の体調も日に日によくなっていった。

私が作った食事をエリーザ伯爵が美味しそうに食べたということもあって、使用人さんたちの食事もついでに作ることになって、忙しい毎日を過ごしたのだった。


そして今、私はエルドさんと共に初めてエリーザ伯爵に会った部屋に来ていた。

「まさか、食事だけでここまで体調がよくなるとはな。本当に恐れ入ったよ」

エリーザ伯爵は部屋に入るなり、笑みを浮かべながらそう言った。

「もったいないお言葉、ありがとうございます」

初めて会った時と同じ部屋。今度は自分の足で歩いてやってきたエリーザ伯爵の姿を見て、私は自然と笑みが零れた。

どうやら、ずいぶんと体調がよくなったらしい。

初めはこけていた頬も微かではあるが、本来あったようなふくよかさを取り戻しつつあるみたいだった。

まぁ、毎日あれだけおかわりしていたら、治癒魔法で消化器官はマシマシに元気になっているだろう。

なんだか、肌艶もよくなった気がするし、非常にいい方向に向かっているみたいだ。

今日で私たちはエリーザ伯爵の屋敷を去ることになる。

もうこれだけ体調がよくなれば、私たちがいなくても平気だろう。

「本当に世話になった。これはせめてものお礼だ」

エリーザ伯爵が目配せをすると、アルベートさんがエルドさんに何かが入っている布袋を手渡した。

それを受け取ったエルドさんは、その重さから中身を察したのか、目を見開いて私を見た。

多分、状況からして、その布袋の中にはお金が入っていると思う。

それも、エルドさんが取り乱しそうになるほどの量だろう。

すっかり忘れていたけど、アルベートさんからお礼は弾《はず》むと初めに言われていたんだっけ。

でもエルドさんの顔色を見ると、少し弾みすぎているようにも見えるんだけど。

もしかして、成功報酬だけじゃなく、追加の報酬があるのかな？

「使用人たちの分まで食事を作ってくれたので、その分も弾んでおいた」

私たちの顔を見て笑ってから、エリーザ伯爵は続ける。

「アンたちは命の恩人であると同時に、俺に大切なことを気付かせてくれた。本当にありがとう。

何かあった時には全力で力になることを誓おう」

予想以上の褒美《ほうび》と言葉をもらった私たちは、表情を硬くしてしまっていた。

何かあった時ってなんだろう？

そんな疑問も湧いたけど、エリーザ伯爵とアルベートさんの澄んだ表情を前に、それを聞くのは野暮な気がした。

だから私もエルドさんもそこは深く突っ込まず、報酬をありがたく頂戴することにした。


そしてエリーザ伯爵の屋敷から馬車でエルドさんの家に向かう道中。

馬車の中で、私はエルドさんの膝の上の布袋がどうしても気になった。

「あの、エルドさん。ちなみに、どのくらいお金もらったんですか？」

「あ、開けてみるか」

二人して声を潜めて話し合ってから、エルドさんが布袋を開けて上から覗き込んだ。

「うわっ。え、えー……」

「なんですか？　何があったんですか？」

喜ぶよりも心配するようなエルドさんの反応が気になって、私はエルドさんの服の裾をぐいぐい引っ張って説明を要求した。

するとエルドさんはじっと袋の中を見ながら、しばらく黙り込んでいた。

「想像をはるかに超えていた。これ、一年は余裕で暮らせる……いや、もっとか？」

エルドさんの言葉は冗談に聞こえたけど、布袋の中からジャラジャラッという音が聞こえたことで、どうやら冗談じゃないってことが分かった。

それに、エルドさんの顔はとても冗談を言っているようには見えない。

どうやら、私たちは結構なお金を稼いでしまったみたいだ。

そして、今さらもらったお金を返すわけにもいかない。

「エ、エルドさん、本当にもらっちゃっていいんですかね？」

「いや、貴族がくれたものを返す方が失礼だろう」

確かに、エルドさんの言っていることも一理ある。

でも、もらいすぎじゃないかとも思ってしまう。

そんな風に葛藤しながら、もらったお金をどうすればいいのか分からずにいた。


馬車から降りてエルドさんの家に入ろうとした時、エルドさんが何かに気付いたような声をあげた。

「ん？　何か貼ってあるな」

扉には何かが書かれた紙が貼ってあり、エルドさんはそれを雑に剥《は》がして、そのまま紙を読む。

初めはくだらないものを見るような目をしていたが、読んでいくにつれて、次第に真剣な表情に変わっていった。

「エルドさん？」

「冒険者ギルドから招集されてるみたいだ」

そういえば、エルドさんって冒険者でもあるんだったよね。

ずっと一緒にいるのに、すっかり忘れてしまっていた。

「……エルドさん。もしかして、何かやらかしたんですか？」

「いやいや、最近は冒険者ギルドにも出入りしていないし、そんなことはないはずだ」

エルドさんは手を横に振って、身に覚えがないと言った。

そう言われてみれば、エルドさんはいつも私たちと一緒に市場に行って、料理をしているし、冒険者ギルドのクエスト自体行っていないみたいだった。

多分、私と森で会って以降は、クエストを受けていないんじゃないかな？

もしかして、それが原因でお呼び出しを受けているとか？

一定期間依頼を受けないと、ランクを落とされちゃうのかな？

「あっ、いた！　エルドさん!!」

家の外でなんで呼び出されたのかを二人して考えていると、切羽詰まった男性の声がエルドさんの名前を呼んだ。

振り向いてみると、そこには商人ギルドの職員と似た服を着た若い男性が息を切らしながら、こちらに向かって走ってきていた。

やがて私たちの目の前までやってきた男性は、膝に手をついて息を落ち着かせようとしていた。息の切れ方から察するに、かなり無理をして走ってきたように見える。

「あれ？　確か君は……冒険者ギルドの職員？」

「はい、冒険者ギルドのロンです。いや、今はそんなことはどうでもよくてっ」

よほど急ぎの要件なのか、ロンさんは息が整う前に顔を上げた。

「ポイズンモスの被害がひどくて、エルドさんにも討伐に参加してほしくて、そのお願いに来ました！」

「ポイズンモス？　もしかしたらエリーザ伯爵が言っていたやつか。シニティーで討伐されたんじゃないのか？」

エルドさんは眉をひそめて難しそうな顔をした。

ポイズンモスって、エリーザ伯爵に毒の被害を与えたっていう魔物だよね？

確か、ここから二つ隣の街であるシニティーの森の中で遭遇したって聞いた気がする。

「ご存じだったんですか？　でも、そいつはただのポイズンモスではないんですよ」

「ただのポイズンモスじゃない？」

「ええ。ポイズンモスはポイズンモスでも、ハリガネワームに寄生されたポイズンモスらしいんです！」

「ハリガネワームだと？」

ロンさんの言葉を聞いて、エルドさんは眉間《みけん》に皺を寄せて険しい表情になった。

どうやら、あまりよくない状況らしい。

いつになく真剣なエルドさんの表情が、それを物語っていた。

第十五話　ポイズンモスとの戦い

「それで、今はどんな状況なんだ？」

私たちは冒険者ギルドから来たロンさんを家に招いて、今何が起きているのかを聞くことになった。

ロンさんはここまで来る時に流した汗を袖で拭いてから、少し俯き気味で話し始める。

「ポイズンモスの討伐には、ランクの高い冒険者たちに行ってもらっています。先行部隊は毒をもろに浴びてしまって、今は療養中ですけど」

ロンさんの話を聞いた私は、一瞬何も言えなくなってしまった。

どうやら思った以上に深刻な事態になっているみたいだ。

エルドさんは腕を組んで少し考えてから、小さくため息を漏らす。

「毒の被害を受けた冒険者の容態は？」

「解毒が済んでもなかなか体調が回復しない人が多くて、結構大変な状況らしいです」

私とエルドさんはその言葉を聞いて、目を合わせた。

つい最近、同じような状態で苦しんでいた人を私たちは知っていた。

まさか、エリーザ伯爵以外にもそんな状態になっている人たちがいたなんて。

エルドさんは「なるほどな」と呟いてから、言葉を続けた。

「ハリガネワームが寄生していれば、その分だけポイズンモスの魔力がはね上がるからな。当然毒の威力もはね上がる。エリーザ伯爵が衰弱していた理由はそれだったのか」

エルドさんはようやく合点がいったという感じで頷いていた。

そういえば、ポイズンモスの毒にやられたと聞いた時、エルドさんはポイズンモスの毒でここまで悪くなるのかと首を傾げていた。

どうやら、その理由は寄生虫であるハリガネワームが原因だったらしい。

ハリガネワームは話を聞く限り、魔物をかなり強化するタイプの寄生虫らしい。

そんな厄介な寄生虫がこの世界にはいるのだと思うと、なかなか恐ろしい。

「我々も初めはハリガネワームが寄生しているとは思わずに討伐隊を組んだんです。そのせいで、ただ負傷者を出すだけになってしまいました」

どうやら冒険者ギルドで討伐隊を組んでも倒しきれない相手らしい。

それほどの魔物を相手にするとなると、対応できる冒険者も限られるだろう。

ん？　でも、なんでロンさんは討伐隊を組んでも倒せなかった魔物と戦うのに、エルドさんにお願いに来たのだろうか？

無作為に冒険者を送り込んでもダメだということは、先行部隊が帰ってきた時に分かりそうなものだけれど。

私がこてんと首を傾げていると、ロンさんが体を前のめりにしながら頭を下げた。

「そこで、エルドさん。S級冒険者のあなたに力を貸していただきたいんです！」

「………………S級？」

私は必死に頼み込んでいるロンさんの姿を見て、頭にはてなマークを浮かべていた。

S級って、前にエルドさんが言っていた冒険者ランクの一番上のこと？

頭を下げている先にいるのは私とエルドさんだけで、私は冒険者ギルドには登録していない。

……ということは、つまり。

「エ、エルドさんってS級冒険者だったんですか⁉」

「ん？　ああ、まぁ、そうだけど」

エルドさんは驚いてガタッと立ち上がった私に対して、いつもと変わらない表情で頷いた。

「そ、そうだけどって、どうして教えてくれなかったんですか？」

「S級と言っても、そんな特別なものじゃないぞ……一時期、魔物を馬鹿みたいに狩りたおしていた時期があって、その時にS級になっただけだ」

エルドさんは面白くなさそうな顔でそう言うと、私から視線を逸らした。

いや、魔物を狩りたおしていた時期ってどんな時期？

というか、私って初めてエルドさんに会った時、エルドさんと戦おうとしてたよね？

つまり、S級冒険者を襲おうとしていたってこと？

……それはさすがに命知らずすぎるでしょ、私。

私がぽかんとしていると、エルドさんはパンッと小さく手を叩いて仕切り直した。

「とにかく話を戻そう。もちろんポイズンモスの討伐には協力する。この街の冒険者もその被害に遭っているのなら、なんとかしないとだしな」

「ありがとうございます！　そう言っていただけて、助かります！」

ロンさんは深く頭を下げて、そう言った。

確かに被害の状況を聞く限りだと、S級冒険者みたいな強い冒険者の助けが必要になるだろう。強い冒険者がいてくれるってだけで、かなり心強いと思うし。

「そういうことなら、俺も出よう」

「シキ、お前も来てくれるのか？」

話が一段落しようとしていると、興味なさそうに丸まっていたシキがすくっと立ち上がる。ちなみにシキは行きと同じように、お屋敷からは馬車と並んで走って、この家に帰ってきていた。

「ハリガネワームは魔力の強い者を襲おうとする。魔力の強い俺が街に残ると、一緒に街に残ったアンがポイズンモスの標的にされる可能性もある。それなら俺が出て蹴散らしてくれる」

「それは、心強いな」

エルドさんはシキの言葉を聞いて口元を緩めた。

シキの助力があればどんな相手だろうと負けることはない。

きっとそう思って、戦う前から勝利を確信したのだろう。

「つ、使い魔が人間の言葉を……」

ロンさんは突然喋り始めたシキに驚いていたが、私はそれよりも気になることがあった。

「あれ？　なんか私が街に残る前提で話が進んでない？」

エルドさんもシキも戦うのなら、当然私だって戦うつもりだ。

それなのに、私が戦うということを想定していないような話の流れだったような？

私が勘違いかなと思って聞いてみると、エルドさんとシキは顔をしかめる。

「『当たり前だ』」

「え？　いやいや、ま、待ってください！　私だって戦えますよ！」

見た目は子供にしか見えないけど、私にはA級冒険者並みのレベルがあると、エルドさんお墨つきなのだ。

街の人たちが困っているという状況で、二人とも戦うのに私だけが戦わない理由がない。

「いや、さすがにお嬢ちゃんは危ないから、街の人と一緒に避難してもらわないと」

ロンさんは私がただ我儘《わがまま》を言いだしたと思ったのか、落ち着かせようとして優しくそう言ってきた。

ただの子供を扱うような口調を前に、私は思わず感情を高ぶらせてしまう。

「違うんです！　私にはちゃんと力があって――」

「アン」

ロンさんに【創作魔法】が使えることを話せば、私を戦力として見てくれる。

そう思ったが、喋ろうとした私はエルドさんに止められた。

私が持っている力は伝承に出てくるような力。

そんな力を持っていると言ったら、ロンさんはパニックになるかもしれないからかな。

すでに街が大変になっているこんな状況で言うべきことではないのだろう。

それでも、他に私の力を示せるものがないんだから、仕方ないじゃん。

私は自分だけ仲間外れにされたような感覚に耐えられなくなり、目に涙を浮かべた。

これじゃあ、本当に子供みたい。

情けないなと思いながら、そう思えば思うほど、その涙はどんどん溜まってきた。

涙が零れ落ちてしまうと思った時、温かい大きな手が私の頭の上に置かれた。

優しく撫でられて、私は顔を上げる。

「勘違いするなって。アンにはアンにしかできないことがあるだろう？」

「……私にしか、できないこと？」

エルドさんは微笑みながら、言葉を続ける。

「ポイズンモスの負傷者の対応は、俺とシキにはできないことだ。それをアンに頼みたいんだけど、いいか？」

そこまで言われて、ようやくエルドさんとシキが私を街に残そうとした理由を理解した。

私は仲間外れにされたのではない。

むしろ、この街の被害を最小限に抑えるための戦力として見ているのだ。

子供だから気を遣って置いていくというわけではなく、私の働きに期待している。

「……ぐすっ、分かりました。でも、私も一緒に戦わせてください」

私は零れ落ちそうだった涙を袖で拭って、唇をきゅっと閉じてちゃんと顔を上げた。

両手で自分の頬をパンッと叩いて、私は気合を入れた。

いつまでも泣いてはいられない。

私は、ただの子供じゃないんだから！

「私なりの、私にしかできない方法で、私も二人と一緒に戦います！」

二人がポイズンモスの毒にやられないように、私なりの方法で二人を応援する。

私にしかできない方法で、私が二人を支えるのだ。

ポイズンモスとの戦いの場に行けない私にできること。

それは、ポイズンモスの毒を、一時的に無効化できるくらいの魔法を付与した食事で二人を応援することだ。

負傷した冒険者たちの救護を頼まれたけど、その前に、二人にせめてものエールを送ることにしよう。

そう考えて台所に立った私は、二人に作る料理を考えた。

すぐに食べることができて、手軽な料理がいい。

それでいて、今ここにある食材でできるものと言えば……

「よしっ！」

私は頭の中で作るものを決めると、さっそく調理することにした。

まずはフライパンに薄く油を引いて、観音開きに切ったクックバードのもも肉を皮の面から焼く。

この時に重石などを使って、もも肉を押しながら弱火で火を入れていくとよい。

火がちゃんと通ったのを確認したら、それをひっくり返して焼くこと数分。これで、クックバードのもも肉焼きは完成。

後は、焼いたもも肉をフライパンからお皿に移して、ソース作りだ。

私は【全知鑑定】のスキルを使って、目的の調味料の情報を表示させた。

やはり、チキンに合うソースといえばこれだろうという定番のソース。

全知鑑定：照り焼きソースの原材料
醤油、みりん、酒、砂糖

そう、醤油とみりんが使えるのなら、作るのはやっぱり照り焼きソースだ。

私はその画面を見つめながら、何も入っていないフライパンに手のひらを向けた。

照り焼きソースの味と香りと舌触りをイメージする。

込める魔力はめんつゆを作った時よりもずっと強く、二人がどんな毒にもやられないで済むくらいの毒耐性をイメージする。

無事で帰ってくることを祈りながらその祈りを魔力に変えて、私は強い魔力をそこに注ぎ込んで【創作魔法】を使った。

すると、フライパンが強い光を発した。

その光の奥にあるソースを覗き込んだ私は、そっと口元を緩めた。

「うん、ちゃんとできてる」

カラメル色をした液体は、どう見ても照り焼きソースにしか見えない。

どうやらうまく作ることができたらしい。

後は魔法の付与がどうなっているか確認しないと。

新作の調味料を【全知鑑定】を使って確認してみると、照り焼きソースの原材料を表示していた画面が書き換わった。

そして、画面には作ったばかりの照り焼きソースの情報が表示された。

全知鑑定：魔法の照り焼きソース
日本の照り焼きソースを模して作ったもの
付与効果『治癒魔法・中』『状態異常耐性・大』

やったぁ、大成功！　状態異常耐性ってことは、毒も効かないってことだよね！

それも付与された魔法は今までと違って、『大』になっている。

きっと、すごい効くって意味だろう。

本当は毒耐性だけでよかったんだけど、他の状態異常からも守れるのなら何があっても安心かも。

そう考えながら、フライパンの上で作った照り焼きのソースを中火で熱していくと、照り焼きの甘辛い香りが漂ってきた。

後は照り焼きソースにとろみが出てきたら、フライパンにさっきの焼いたクックバードのもも肉を戻して、照り焼きのソースにひたひたに浸して絡めていく。

最後にバンズにするパンを半分に切って、パンに照り焼きソースを絡めたもも肉を乗せる。

そこに、レタスみたいな野菜と魔法のマヨネーズをかけて、切ったパンの上の部分を乗せて完成。

「できました。エルドさん、シキ。ポイズンモスを倒しに行くなら、これを食べてからにしてください！」

私は皿に盛りつけた二つの照り焼きバーガーを、エルドさんとシキの前に置いた。

その香りに当てられた二人は、眼前に置かれた料理から目が離せなくなっていた。

シキは私が料理を置く前から尻尾をぶんぶんと振っていた。

「アンが料理してる途中から、すごいいい匂いがしてきたんだが、これも、その……特別なソースなのか？」

エルドさんは照り焼きバーガーを見つめながら、少し言葉を濁すようにしてそう言った。

おそらく、目の前に冒険者ギルドのロンさんがいるからだろう。

私たちが市場で使っているソースが魔法のソースであることは、まだアルベートさんと私たちしか知らない。

騒ぎにならないようにするためにも、多分、隠しておいた方がいいよね。

「はい。これも特別なソースです……『治癒魔法・中』『状態異常耐性・大』つきです」

私がエルドさんとシキにだけ聞こえるようにそう言うと、二人は目を見開いて私の方を振り向いた。

「なっ⁉　『状態異常耐性』って、かなり高額なポーションに付与されているっていう――いや、な、なんでもない。ありがたくいただくことにしよう」

「ふふっ、ポイズンモスめ。毒のないあいつなど、ただの羽虫と何も変わらん」

ロンさんにバレないように誤魔化すエルドさんと、悪巧みをするような顔のシキ。

二人ともそれぞれ違う反応を示したが、それでも目の前の照り焼きバーガーを早く食べたいという気持ちは同じらしい。

二人は顔を見合わせてから、息を合わせたように照り焼きバーガーにかぶりついた。

「うおおっ、うまっ!! な、なんだこの甘辛いソースは。コク深さがクックバードの味を引き立てて、さらに良質な味わいにしているぞ」

「これは、うまいぞ、うますぎる。マヨネーズと絡むことで、ソースの味がまた数段はね上がる。ソースだけで食べても、うまいっ！」

エルドさんとシキはそのまま一心不乱に照り焼きバーガーを食べていた。

確かに照り焼きバーガーのうまさは反則だよね。

私自身も、何度このソースの魅力に沼ってしまったことか。

私が二人の感想を聞いて何度も頷いているると、その食べっぷりを見たロンさんもすごく食べたそうな目でじっと見ていた。

まぁ、照り焼きって匂いだけでも食欲をそそられるから、実際に目の前で美味しそうに食べている姿を見せられたら、それは辛抱たまらなくなるよね。

それでも、今回ばかりはこの二人のために作ったものなので、ロンさんには我慢していただこう。

機会があれば、今度ロンさんにも作ってあげようかな。

私はそう考えて、口元を緩めた。

「エルドさん、シキ。応援してるから頑張ってください」

こういう形の応援しかできないけど、できることはしたつもりだから。

私は私なりの方法で、戦いに参加させてもらえたと思う。

……後は、私は自分に任された仕事、ポイズンモスの負傷者の対応をこなすことにしよう。

そして私はエルドさんとシキを見送ってから、ロンさんと一緒に教会に向かったのだった。


「……ポイズンモスの毒を浴びた人たちって、こんなにいたんですね」

私とロンさんが教会に向かうと、そこには多くの負傷した冒険者がいた。

少しやつれているだけの軽度な症状の人もいれば、呼吸が浅く、苦しそうにしている人もいる。

どうやらポイズンモスがこの街の冒険者に与えた被害というのは、かなり大きいらしい。

「五十人くらいですかね？」

「ええ、そのくらいです。もろに毒をくらった人も多くて、ポーションと魔法を使って解毒は済んでいます。ですが、日に日に衰弱がひどくなっていきますね」

なるほど。

やっぱり、状態的にはエリーザ伯爵の時と似た感じだ。

症状が似ているというのなら、同じ方法で元気になってもらえるはず。

「分かりました。この教会では、負傷した冒険者のご飯も作ってるんですよね？」

「ええ、そうみたいです」

「でしたら、私にその食事係をやらせてもらうことはできますか？」

ロンさんを見上げてそう言うと、ロンさんはぴしっと私に敬礼をする。

「ぜひ、お願いします！　すぐに話を通しますよ！」

敬礼した手を胸元でぎゅっと握って、ロンさんは続けた。

「エリーザ伯爵の容体を回復させたという話を聞かせれば、反対する人は誰もいませんよ」

ロンさんはそう言いきると、私の前を意気揚々と歩いていく。

実績がなければ大事な台所は任せてもらえないだろうと思って、あらかじめエルドさんからエリーザ伯爵の屋敷でのことをロンさんに話しておいてもらったのだ。

ロンさんは驚いていたが、私の作った料理を近くで見たということもあってか、私たちを疑うことなく信じてくれた。

まぁ、S級冒険者のエルドさんの話だから信じてくれたというのもあると思うけどね。

とにもかくにも、これで食事係を私に代わってもらえるはず。

ちゃんとロンさんが私の代わりに説明してくれるみたいだし、順調にことが運びそうだ。

きっと何も問題ないだろう。そう考えて、私はロンさんと共に教会の調理場へと向かった。

「その子を台所に立たせるわけにはいきません」

「……え？」

しかしながら、私の申し出は簡単に却下されてしまっていた。

教会の調理場に向かうと、シスター服の上にエプロンをかけた女性たちが、すでにご飯の準備をしようとしているところだった。

まさにグッドタイミングと思ったが、どうやらそう簡単にはいかないらしい。

「なぜですか⁉　この子は、エリーザ伯爵がポイズンモスの毒にやられた時、料理でその体調を回復させた子なんですよ？」

ロンさんの口調にも熱が入る。

実績はあるのに、なぜダメなのか。

目の前にいるシスターさんを見上げたが、シスターさんはただ首を横に振った。

「あなたたちの言っていることを疑ってはいません。ただ、このような子供に今の冒険者の姿を見せるのは、あまりいい行動とは思えません。幼い心に傷を負わせてしまったら、どうなさるおつもりなんですか？」

「そ、それはっ」

ロンさんは思いもしなかった反論だったようで言葉を詰まらせた。

シスターさんは私の頭をそっと撫でてきた。

「少し刺激的な光景を見せてしまいましたね。ここは大丈夫ですので、他の人たちと一緒に避難をしましょうか」

その声色は私を邪魔者として扱うのではなく、ただただ優しさに満ちたものだった。

これ、あれだ。

イジワルとかではなくて、ただ純粋に私のことを心配している感じのやつだ。

確かに私くらいの年齢の子がさっき教会にいた冒険者たちの姿を目にしたら、トラウマになるかもしれない。

そこを配慮しているのだ。さすが、聖職者。

……でも、これって、すごく私の意思を主張しにくいパターンだよね。

イジワルじゃなく、善意に満ち溢れているんだもん。

でも、どうにかしてこの人を説得しないと。

だってエルドさんとシキが戦っているように、私の戦場はここなのだから。

そう意気込んで口を開こうとした瞬間、私たちのすぐ後ろにある調理場の扉が開いた。

「シスターの皆さん。今日も冒険者の方たちは食欲がない人が多いみたいです。皆さんで冒険者の方たちの回復を祈りながら料理を作――」

そこに現れたのは、私たちが市場で屋台を出した時、初めて試食に来てくれたあの男性――ふくよかなおじさんだった。

「あ、あの時の、おじさん」

なんで神父服なんて着ているんだろう？

そう思っていると、目が合ったそのおじさんは目を見開いて私を見る。

「君は！　魅惑のソースの屋台のお嬢ちゃんじゃないか!!」

ふくよかなおじさんの声は響いて、周りにいた食事係をしているシスターさんたちの視線を一気に集める。

「魅惑のソース？」

「え、それって、数週間だけやっていたっていうお店じゃない？」

「うそ、あの子、あそこの店員なの？」

驚きながら口々にそう言うシスターさんたちに見つめられて、私はどうしたらいいのか少し戸惑った。

でも、これってチャンスかも。もしかしたら、この流れに乗ればなんとかなるかもしれない。

そう思っていると、おじさんは私の両肩をがしっと掴む。

「まさか、こんなところで会えるなんて思わなかったよ！　いやー、もう二度と食べられないと思って絶望していたんだ！　そうだ！　これも何かの縁《えん》だと思うんだよ！　ぜひ冒険者たちの食事を作ってくれないかい？　教会を代表して頼むよ！」

おじさんは目をキラキラさせながら、私の肩を掴んだまま揺らした。

まさか、おじさんがそんな提案をしてくれるとは思わなかった。

ていうか、この人、「教会を代表して」って言った？

神父服着てるし――もしかしておじさんってこの教会の偉い神父さんなんじゃない？

「ハーネスさん。この子はまだ子供です。強引に迫るのはやめてください」

私が考えをまとめていると、先ほどまで私たちと話していたシスターさんがおじさんを止めた。

このおじさん、ハーネスさんっていうんだ。

私はハーネスさんが作った流れを壊すまいと踏んばって、ぐっとシスターさんを見上げる。

「シスターさん、私に料理を作らせてください！　魅惑のソースを使った私の料理なら、きっと冒険者の体調も回復させることができます！」

私が力強くシスターさんを見つめると、シスターさんは意外そうな顔をしてから優しい笑みを浮かべた。

「大人に強要されたわけでなく、あなた自身がそれほどやる気になっているなら、断れませんね……」

「は、はいっ、やる気満々です」

ガラッと雰囲気が変わり、柔和な空気で言ってくれたことに驚きながら、私はシスターさんを見つめ続ける。

するとシスターさんは私と目線を合わせ、口調を変えて言う。

「でも、一人で冒険者たちの食事を何品も作るのは大変でしょう。作るのは一品でいいからね」

「そうですね……それなら、スープを任せていただいてもいいですか？」

「そうね。じゃあ、お願いしてもいい？　食材は好きに使っていいからね」

シスターさんは私に向かって笑みを浮かべてそう言うと、私に食品庫や調理器具の場所などを丁寧に教えてくれた。

初めに私とロンさんの提案を拒否した時と雰囲気が違う気がするのは、もしかしたら私が大人に言われて連れてこられたと思っていろいろ心配していたけど、誤解が解けたせい？

確かに、普通の私ぐらいの子供が、自ら負傷した冒険者たちのご飯を作りたいと懇願することは普通ないかもしれない。

純粋に子供の私を守ろうとしたのだろう。

……このシスターさん、どうやらただのいい人らしい。

「とりあえず、こんなところかな。後は、分からないことがあればなんでも聞いてね」

「はい、ありがとうございます」

すごい丁寧にいろいろと教えてもらったので、多分、分からないことはもうないと思う。

そう考えながら、私は大きな鍋を手に取って少しの間頭を悩ませた。

スープを担当するとは言ったけど、何を作ろうかな？

冒険者たちの症状は、この前のエリーザ伯爵の状態に似ている。

それなら、魔法のめんつゆベースの料理がいいよね。

めんつゆベースのスープかぁ。

とりあえず、めんつゆを作らないと。

ん？

なんかすごい視線を感じる？

気になって振り向いてみると、そこには調理場にいたほぼ全員のシスターさんとハーネスさん、ロンさんがいて、私の手つきをじっと見ていた。

これは、もしかしなくても、すごい注目を浴びている？

どうやら、魅惑のソースを作る私の料理の腕が気になるみたいだ。

「えーと、大事なものを忘れたので、少しだけ家に戻りますね。す、すぐ戻るので！」

そんな適当な言い訳をして、私は大きな鍋をこっそり【アイテムボックス】にしまった。

そして、隠れながら教会の裏でせっせと必要な分のめんつゆを作ったのだった。

……隠し続けるというのも、かなり大変らしい。

なんとかめんつゆを作ることに成功した私は、こそっと教会に戻った。

とりあえず、これを使ってなんの料理を作るか決めないとね。

冒険者たちの症状はエリーザ伯爵と似てるわけだし、あの時作った雑炊ベースのものがいいかな？

私はむむっと唸って考えてから、あっと小さな声を漏らした。

それなら、雑炊の味をベースにしたスープにすればいいのでは？

ご飯を入れないで水を少し多くしたら……うん、いける気がする。

でも、ただ雑炊を薄めただけだと、彩りがよくないかも。

そう考えた私は、食品庫を確認することにした。

多くはない食品庫の中を見てみると、クックバードのお肉やキノコ、大根によく似た野菜を発見した。

他に何かあるかな？

食品庫をがさごそしていると、すごく見慣れた野菜を発見した。

「これって三つ葉？　いや、三割くらい春菊《しゅんぎく》みもあるかも」

三つ葉風の異世界の野菜を手に取った私は、ふとある料理が頭に浮かんだ。

大根に鶏肉とキノコ。そして、それをめんつゆベースで味つけしたスープ。

そして、手元には見つけたばかりの三つ葉。

これって、餅《もち》が入っていないだけのお雑煮《ぞうに》では？

練り物はないけど、そこはご愛嬌ということにすれば、ほぼお雑煮になると思う。

正月でも日本でもない場所でお雑煮を作るなんて思いもしなかったけど、全然ありな気がする。

……あれってスープだけ飲んでも美味しいし、今回作る料理はそれで決定かな。

私は食品庫からそれらの食材を持ち出すと、めんつゆの入っている鍋の近くまで運んで、料理に取りかかることにした。

さて、ここからは料理の時間。

まず初めに、めんつゆに適量の水を入れて元となるスープを作る。

それをひと煮立ちさせた後、皮を剥《む》いた大根みたいな野菜を半月切りにし、クックバードのお肉、キノコを一口大に切って鍋に投入する。

そして最後に全体的に火が通って、大根にめんつゆの色が染みたくらいのタイミングで、三つ葉みたいな野菜を適当に切って投入する。

野菜が少しだけくたっとしたくらいのタイミングで火を止めて、完成だ。

名付けて『餅なしお雑煮』……いや、『お雑煮スープ』とかの方がそれっぽいかな?

そう考えながら、私は近くの小皿を手にした。

何はともあれ、味見はしておかないとだよね。

私はお玉を使って小皿に少しだけお雑煮スープを入れて、それを口に運んだ。

「んんっ、うまぁ……なんか料亭の料理みたいな味がする」

口の中に広がるのは、キノコの香りとめんつゆのダシの旨味。

それが一気に口の中に広がって、後からじんわりとクックバードのお肉から滲《にじ》み出た油がやってくる。

日本の正月がここに凝縮されていると言っても過言じゃないくらい、和食の美味しさがそこにあった。

雑炊はあくまでご飯が主役だったのに対して、今回はめんつゆベースのスープが主役ということもあってか、上品なめんつゆの味を堪能できる一品となっていた。

私が作る分はこれで完成かな。

よしっ、完成したことを報告に行きますか。

「わっ、と」

私が上機嫌気味に振り返ると、めんつゆのいい香りを嗅ぎつけてきたのか、私の料理の完成を心待ちにしているシスターさんたちが並んでいた。

……ただ香りを嗅いだだけなのに、少し顔をとろんとさせている人までいる。

「できました。えっと、少しだけなら味見しても、量は足りるかと」

どうやら多めに作っておいて正解だったみたいだ。

私が味見の許可を出すと、わっと調理場が湧いて味見を求めるシスターさんたちが押し寄せてきた。

「あ、あくまでも味見ですからね」

味見に対して湧く歓声の量じゃないと思った私は、念のためにそんな注意をするのだった。

そして、味見会が行われた後、私たちは料理を盛りつけて食事を冒険者の元に運ぶことになった。

「冒険者の皆さん、ご飯ができましたよー！」

神父のハーネスさんの言葉の後、私は他のシスターさんたちに倣って冒険者に食事を配る。

献立としては、豚肉の薄切りと葉物の炒め物とパン、それとお雑煮スープとなっている。

それらの献立の中では、やはりめんつゆで作ったお雑煮スープの香りが際立っていた。

「すんすんっ、なんかすごいいい匂いしないか？」

「知らないスープだ。変わった色だな」

「……なんか、不思議と腹が減ってきた」

めんつゆを初めて体験した冒険者たちは、その色と香りに興味を惹かれている。

見たことがないものを食べるということは、警戒心も湧くだろうし、少し勇気がいるかもしれない。

それでも本能的な食欲がその不安に勝ったのだろう。

冒険者たちに料理を届けると、お雑煮スープを見つめる目はお腹を空かせた子供のような目になっていた。

……すごい期待してるけど手抜き料理なんだよね、それって。

全員に料理が行き届いたのを確認したハーネスさんは、上機嫌な笑みを浮かべてから咳ばらいを一つした。

そして、深めに息を吸ってからにっこりと笑う。

「今日のスープは、あの魅惑のソースの屋台で有名な料理人さんが作ってくれたものです！　わざわざこの教会に来ていただいたことに感謝をしつつ、召しあがってください！」

ハーネスさんの声は部屋の奥まで届き、その言葉を聞いた冒険者のざわつきが大きくなった。

「魅惑のソースって、あの開店前に並ばないと買えないっていう店の⁉」

「最近、忽然《こつぜん》と姿を消したっていう幻の屋台だろ？　この街に帰ってきたのか⁉」

「マジかよ！　それを聞いたら、さらに食欲が湧いてきたぞ！」

歓声が響き渡った教会は、初めにここに入ってきた時とは別のところにいるのかと勘違いするくらい、熱気に満ちて盛り上がっている。

なんか私が自分で思っていた以上に、あの屋台は人気店だったらしい。

知らなかったな。

数日エリーザ伯爵の屋敷に行って閉めていただけで、幻扱いされていたんだ、私たちの屋台。

確かにあれだけ人が入っていたお店が急に市場から姿を消したら、幻だったと思うかもしれない。

屋台ではケバブ風焼き鳥しか振る舞っていないはずだけど、それだけでこんなに人気な屋台になるとは思わなかった。

……もしかしたら、これがマヨネーズの魔力なのかな？

そんなざわつきの中、めんつゆの香りに駆り立てられて食欲を抑えきれなくなった冒険者たちは、トレーの上のお雑煮スープをかき込むように食べ始めた。

「うおっ！　なんだこれっ、うまっ！」

「優しい味なのにっ、止まらなくなるっ」

「はぁ……なんか心の奥まであったまる。体に染みるなぁ」

お雑煮スープを口に運んだ冒険者はその味に驚いたり、べた褒めしたり、感動したりと様々な反応を見せていた。

「え、なんか天使が見えるんだけどお迎えか？」

そして時折、私を見ながらそんな言葉を漏らす冒険者もいた。

自分が作った料理をこんなに美味しそうに食べてもらえると、照れくさくもあり、嬉しくもある。

私も味見をしてみたけど、炊き出しの味を大きく超えていると感じた。

味見をしたシスターさんやハーネスさんもその味に感動していたし、実は今回のお雑煮スープは自信もあったのだ。

そう考えていると、またざわざわと冒険者たちの声が聞こえてきた。

「これって、おかわりあるのかな？」

「これなら、何杯でも食べれる気がする」

「神父さん、これっておかわりあります？」

きっと、勢いよくスープを飲み干してしまったのだろう。

食欲がなくて衰弱していたはずの冒険者たちは、目を輝かせながらハーネスさんに空になった食器を持って迫っていた。

「い、いえ、えーと、ですね……」

少し多めに作ったとはいえ、鍋の中はもうほとんど空だった気がする。

お雑煮スープは食べたら食べただけ体調がよくなるだろうし、少しでも早くよくなってほしい私からすると、ぜひもっと食べてほしい。

ハーネスさんが返答に困っているのは、私がまた作ることになるのを遠慮しているからかもしれない。

そう思った私はちょこちょこっとハーネスさんの側まで行くと、他の人には聞こえないくらい近づいてから耳打ちをする。

「少し時間をもらえれば、追加で作れますよ。ここの食材を使ってよければ」

「本当かい⁉　ほんっとうにありがとう！　冒険者たちを代表して、感謝するよ！　ぜひ、お願いします！」

私が小声で言ったのに対し、ハーネスさんは全体に聞こえるほど大きな声でそう言ってしまった。

その結果、冒険者の多くの視線を集めてしまったので、私はそのまま逃げるようにその場を後にしようとした。

しかし私はあることに気付いて、その足を止めた。

……こうして近くで見ると、冒険者、みんな結構ボロボロだ。

息を吹き返しつつあった冒険者だったが、その姿はポイズンモスとの戦闘のせいで、かなり傷ついていた。

そういえば、食品庫の中身もそんなになかったっけ。

そう思いながら、食事を配っていたシスターさんたちを改めて見ると、彼女たちの顔にも疲れが溜まっているようだった。

冒険者だけではなく、教会の人たちも疲弊《ひへい》しているんだ。

みんなの疲れもピークで、食品庫の在庫もどのくらい持つか分からない。

それでも限りある食料の中で頑張るしかないよね。

私は気合いを入れ直して、みんなの分も頑張ろうと心に決めた。

そして厨房に向かおうとした時、ふいに教会の扉が開いた。

そこにいたのは思いもしなかった人たちだった。

「アンちゃんが頑張ってるって聞いたから来たけど、何かできることあるかしら？」

「アンには負けるけど、これでも少しは料理できるんだぜ」

心配そうに眉を下げている服屋のお姉さんと、得意げな顔をしているオルタさん。

「お嬢ちゃん！　野菜なら腐るほどあるから持ってきたぞ！」

「旦那様から伝言です。『支援は惜しまない、アンと街のために尽力せよ』とのことです。かかった費用は旦那様宛に請求していただければと」

からっとした笑みを浮かべているトマト農家のお兄さんに、お辞儀をしているアルベートさん。

「み、皆さん。なんで……」

それに加えて、街で暮らしている多くの人たちの姿もあった。

予想もしなかったメンバーとその数の多さにそんな言葉を漏らすと、トマト農家のお兄さんは鼻で笑った後、優しく口元を緩めた。

「なんでってことはないだろ？　ここは俺たちの街だからな。それと……少しくらいは恩返しさせてくれ」

みんなを代表するかのようにしてそう言った農家のお兄さんの目には、どこか優しい温かさがあるような気がした。

お兄さんや他のみんなに何があったのか、詳しいことは分からない。

分からないけれど、それでもみんなの真剣な目を見て、その気持ちが本気だということは伝わってきた。

「分かりました。皆さん、私に力を貸してください」

そうだ。私だけじゃない。

みんなでこの街を守るんだ。

こうして、ポイズンモスと私たちの総力戦が幕を開けたのだった。

第十六話　エルドとシキの戦い

「アンの方はうまくやってるんだろうなぁ」

アンに見送られた俺――エルドとシキは、街から近くにある森に来ていた。

目的はポイズンモスと、それに寄生しているハリガネワームを討伐すること。

そして俺は今、シキの背中に乗って移動していた。

街を出たくらいのタイミングで、シキに背中に乗るように言われ、言われるがままその背中に乗せてもらった。

まさか、フェンリルの背中に乗って森を走る日が来るとは思いもしなかった。

ていうか、人間の匂いがつくけど気にしないのか？

まぁ、これだけ一緒にいたら、もう人間の匂いはついた後だよな。

俺はシキにバレないように背中で小さく笑った。

シキはまっすぐ前を見つめながら、ため息を漏らす。

「何も心配することはあるまい。アン以外の適任者はいないだろう」

「そうだな。アンなら何も問題はないよな」

当たり前のように言ったシキの言葉に、俺は頷いた。

確かに、シキの言う通りだよな。

エリーザ伯爵の体調を回復させた実績もあるし、何も心配する必要はない。

それに、街を出る前にも驚かされたばかりだしな。

ポイズンモスの討伐に行く前に食べさせてもらった照り焼きバーガー。

あれには、状態異常耐性というどんな状態異常に陥っても耐えられる効果が付与されていたらしい。

まさか美味しい料理を食べただけで、高価なポーションと同等の効果が得られるなんて思いもしなかった。

毎度のことながら、アンの作る料理には驚かされてばかりだ。

そんなアンが街のことは任せてくれと言って、俺たちを送り出したのだ。

ここで俺たちが頑張れないようでは、応援しているアンに申し訳ない。

「さて、そろそろポイズンモスが出たという場所に着くし、作戦を決めておくか」

「作戦？　そんなものはいらないだろう。俺が魔法で一撃で沈めてくれる」

シキはさらっとそう言った。

まぁ、ポイズンモスの毒が効かないという今の状況なら、シキなら何も考えずに突っ込んでも、余裕で勝利を収めることができるだろう。

しかし、今回はそういうわけにはいかない。

「いや、今回はハリガネワームが寄生している状態だ。慎重にいった方がいい。ハリガネワームが強い魔力を持つ魔物に寄生するのは知ってるだろう？」

「エルド、お前は俺がハリガネワームなどに寄生されるとでも思っているのか？」

シキは不服そうにため息を漏らした。

相手は寄生虫。

そんなものにフェンリルが負けると思われたこと自体、不満なのだろう。

プライドが高いと言われているフェンリルにかける言葉ではない。

そのくらい俺だって分かっている。

「シキが寄生される可能性はまずないだろうな」

「ならば、何も問題はないだろう」

でも、シキがそのプライド以上に、アンの気持ちを大切にしていることくらい、一緒に生活をしてきた俺には分かっていた。

「それでも相手が一矢報いようとして、シキがかすり傷くらいは負うことがあるとは思う」

相手はただのポイズンモスではない。寄生されて強化された状態だ。

最後っ屁として仕掛けてきた攻撃を受けて、無傷でいられる保証はない。

「かすり傷くらい何も問題はない」

「その結果、完璧な形で送り出してくれたアンを悲しませることになってもか？」

「……」

俺がそう言うと、シキは何も言い返せずに黙り込んでしまった。

そう、シキはアンの育ての親なのだ。

娘が悲しむ姿を見たくはないと思うのは、フェンリルも人間も同じこと。

そして俺たちが怪我をして帰れば、優しいアンが自分を責めてしまうということが分からないはずがない。

「それに討伐をシキに丸投げして、シキが怪我をしたら、俺がアンに顔向けできない。もっと言えば、俺だってアンに胸を張って報告できるだけの活躍をしたいしな」

あくまで俺のために力を貸してくれ。

こう言うことで、フェンリルとしてのプライドも守ることができるはず。

そう考えて俺が演技がかった口調で言うと、シキは笑い声を上げた。

「ふっ、どうやら、エルドは口下手で不器用らしいな」

「……なんでそんな反応になる」

完璧な演技のつもりだったが、シキの返答は俺の思ったそれと大きく違っていた。

というか、返答を聞く限り、いろいろとバレてしまったような気がする。

バレたらバレたで恥ずかしいな、かなり。

「そこまで言うなら作戦とやらがあるのだろう？　それくらいは聞いてやらないこともないぞ」

シキはひとしきり笑った後、何かを察知したのかゆっくりと歩きだした。

そして俺に背中から降りるように言った。

「ポイズンモスが近くにいるな。ここからはゆっくり近づくぞ。その間に作戦を話せ」

そう言われた俺は、単純ではあるが、作戦をシキと共有することにした。

そして俺の考えた作戦を伝えると、シキはしばらくの間黙ってからため息をついた。

「作戦というからどんなものかと思ったが、ずいぶんと乱暴だな」

「しょうがないだろ。普段は作戦なんか考えずに魔物の群れに突っ込んでたんだから」

シキは呆れたように眉をひそめた。

「何も考えずに突っ込む……なんだそれは。それでは魔物と変わらんではないか」

「でも、これが一番いい方法だと思うんだよ。シキだって魔法を使う時、一瞬、魔力を解放するんだろう？　その時に相手に察知されるかもしれない」

「……まぁ、エルドがそれでいいのなら構わんが」

シキは目を細めながら、納得したというよりも折れる形で俺の作戦に乗ってくれることになった。

正直、作戦を立てて魔物とやり合う方法は得意ではない。

でも、それなりに悪くない作戦だと思ったんだけどな。

けど、俺の作戦はあまり好評ではないみたいだ。

「もうすぐそこにポイズンモスがいる。俺は出番までは魔力を極力抑えることにするから、後は任せたぞ」

「ああ、大丈夫だ。すぐにシキの出番になるからな」

俺がそう言うと、シキは魔力を抑えて姿を隠した。

よっし、いくか。

意気込んで少し歩くと、すぐにポイズンモスの姿を発見した。

ここに来る途中で多くの魔物を捕食してきたのか、その姿は俺が知っているポイズンモスの二、三倍の大きさがあった。

……ずいぶんとでかいな。

白と黒の模様の羽で空を飛び、触角をぴょこぴょこと動かして何かを探しているようだった。

多分、捕食できる魔物を探しているのだろう。

遮蔽物《しゃへいぶつ》がないところで優雅に獲物を探す姿は、自分が強者であることに酔っているようにも見える。

「この感じなら楽に倒せるな」

俺は誰に言うでもなく独り言を呟いて、剣を引き抜いた。

油断している相手ほど、屠《ほふ》るのは容易い。

ポイズンモスは目の前に敵が現れると、羽から毒の粉を振り撒く。

そうして、相手が弱るまで上空で待機して、相手に毒が回りだしてから襲ってくるのだ。

以前に戦ったポイズンモスがそうだったが、どうやら今回も同じらしい。

想定通り、俺が姿を現すと、ポイズンモスは上空で羽をパタパタさせて毒の粉を振り撒いた。

ハリガネワームが寄生して魔力がはね上がったポイズンモスの毒の粉を浴びれば、動きが鈍るまでであまり時間を要さない。

多分、上空でポイズンモスは自分の勝ちを確信しているはずだ。

そう思った俺は、アンのおかげで毒は問題なかったが、粉を浴びたフリをしてその場に倒れ込む演技をした。

それにしてもすごいな。

毒の粉を頭から浴びているというのに、なんともないなんて。

いつもアンの考えることや作る料理には驚かされてきたが、今回の状態異常耐性はすごいなんてレベルじゃない。

下手な商人なんかに見つかったら、アンを利用しようとする奴らが集まってきそうだ。

仮にそうなった時、そんな奴らを一蹴できるくらい、俺は強くなければならない。

こんな蛾の魔物相手に手こずるなんてことは、あってはならないんだ。

そう考えながら、ポイズンモスが近づいてくるのを待っていると、やがてポイズンモスの羽の音が近づいてきた。

距離にして十数メートル、数メートルと徐々に近づいて、すぐ傍《かたわ》らに来た瞬間、俺は顔を上げて横に大きく跳《と》んだ。

狙うのは、片翼。

「『閃剣《せんけん》』」

ズザァァァッツン！

俺が剣を振り下ろしながらその技を繰り出すと、一瞬光った俺の剣から出た斬撃がポイズンモスの大きな片翼を吹っ飛ばした。

「ギィシャアアアア!!」

金切り声を上げているポイズンモスをそのままに、俺は剣を斬りつけた勢いを活かしてポイズンモスの背後を取った。

ハリガネワームは寄生した際、その魔物の背筋に沿った場所に生息すると言われている。

寄生している場所が分かれば倒し方は簡単だった。

俺はポイズンモスの不自然に盛り上がっている背筋に向かって剣を突き刺し、腹まで一気にその剣を押し込んだ。

これでポイズンモスの中で剣で串刺しになっているハリガネワームは、動くことができないだ

ろう。

「今だ、シキ‼」

俺はそう叫ぶと同時に、前方に大きく跳んだ。

そして次の瞬間、体が吹き飛ばされそうなくらい強い突風が吹いた。

え、台風か？

そう思って振り返ると、そこにいたはずのポイズンモスの姿が消えていた。

「ハリガネワームが寄生しているからどんな強さかと思っていたが、所詮はこんなものか」

「シキ？　ポイズンモスはどこ行ったんだ？」

「蹴散らした。そこにエルドの剣だけ落ちているだろう？」

シキに言われてよく見てみると、ポイズンモスがいた場所に、俺が突きさした剣が残っていた。

あの状態から剣だけを残してポイズンモスを蹴散らしたということは……細切れにでもしたのだろうか？

……シキの強さは底が知れないな。

「無事に倒したみたいだな」

「ああ。あの程度なら、エルドだけでも問題なかった気もしたがな」

「しょうがないだろ。今回の俺たちの勝利条件は、互いに無傷であることだったんだから」

そう、多分、怪我をする前提なら互いに一人でも倒すことができただろう。

それでもアンのために無傷で生還するという条件を達成するためには、互いに協力する必要があったのだ。

「帰るか、アンのところに」

「ああ」

こうして俺たちはぎこちないながらも連携して、無傷でポイズンモスの討伐を完遂したのだった。

◇

負傷した冒険者におかわりを作ってから、私——アンは街の門のすぐ近くでエルドさんとシキの帰りを今か今かと待っていた。

一瞬、街の外まで様子を見にいこうかと思ったが、それだと二人を信用していないような気がして、やめておいた。

じっと待って目を凝らしていると、遠くに二人の姿が見えてきた。

「エルドさん！　シキ！」

大きく手を振ると、私の姿に気付いていたようで、エルドさんが手を振り返してくれた。

そして二人は表情を緩めて近づいてくる。

「ただいま、アン」

「アン、今戻ったぞ」

余裕な表情をしているエルドさんとシキを見て、私は胸を撫で下ろした。

「もしかして、二人とも余裕だったんですか？」

どこを見ても傷跡や血の跡などは見当たらない。

それに、特に疲弊しているような状態でもない。

街の冒険者にかなりの被害をもたらした魔物と戦ってきたはずなのに、ずいぶんと涼しい顔をしている。

「まぁ、シキが一緒にいたしな」

「アンよ、俺があんな魔物相手に苦戦するわけがないだろう」

にやっと笑うエルドさんは、シキがいれば初めから勝てることを確信していたみたいだった。

シキは当たり前だというように、ため息を漏らす。

確かに、S級冒険者とフェンリルが討伐に行ったのなら負けるはずはない。

それでも、強いからといってまったく心配しないというわけではない。

二人が大切だからこそ、負けるはずがないと思っていても心配になってしまうのだ。

「というか、ずっと気になってはいたんだが……なんでこんな盛大なお迎えをされているんだ？」

エルドさんはちらっと私の後ろを見て首を傾げる。

私はふふっと笑いながら、後ろを振り向いた。

そこにいたのは、多くの街の人たちだった。

服屋のお姉さんや、オルタさん、トマト農家のお兄さんや、アルベートさん。

そして他にも傷ついた冒険者の手当てや、炊き出しに参加してくれた街の人たちがいた。

「みんなエルドさんの帰りを待っていたんです。ここにいるみんな、エルドさんが戦っていることを知って炊き出しとか手伝ってくれたんですよ。エルドさん、人気者ですね」

ポイズンモスを討伐して帰ってくると期待するほど、エルドさんはこの街の人から信頼されているのだろう。

私が門で待っていると言うと、みんなもついてきたわけだし。

エルドさんを見上げると、エルドさんは脱力したような笑みを浮かべて私のことを見つめている。

「それは違うぞ、アン」

「え？」

「アンに協力したくて、これだけの人が動いたんだ。すごいのは俺なんかじゃない」

そう言うと、エルドさんは私の後ろにまわり込んで私のわきの下に手を入れた。

「え、エルドさん？」

何をするのかと思っていると、エルドさんは私を持ち上げ、私は街のみんなに見えるように掲げられてしまった。

な、何が起きてるの⁉

どうしたらいいのか分からず、宙に浮いてしまった足を小さくパタパタとさせていると、エルドさんは笑い声を漏らしてから深く息を吸った。

「ポイズンモスは無事討伐した！　すべてはアンの応援があったからだ！　衰弱している冒険者たちもアンの料理で回復するだろう！　すべての功労者であるアンに喝采を!!！」

エルドさんが大声でそう言うと、街の人たちが大きな拍手を私に向けた。

私を褒め称えるような声も飛び交って、逃げ場のないまっすぐな称賛を前に、私は顔を赤らめてしまった。

「功労者は称えられないとな」

そんな私の状況を楽しんでいるようなエルドさんは、もう少し私を高く掲げてにかっと笑った。

「エルドさん、恥ずかしいですってば」

「アン、ちゃんと見ておけ。アンが救った街の人たちの笑顔をな」

そう言われて、私は歓声を上げている街の人たちを見る。

そこにあったのは、心から喜んで笑っている街の人々の笑顔だった。

その笑顔を見ていると、胸の奥までじんわりと温まっていく。

みんなのおかげで守れた笑顔だよね。

街のみんなが協力してエルドさんとシキがポイズンモスを討伐してくれたから、この街は守られた。

だからこの歓声も私だけじゃなくて、みんなにも向けられるべきだと思う。

それでも、その一端を自分も担うことができたと思うと、とても嬉しい気持ちになった。

……頑張ってよかった。

心からそう思えるほど、今、私が見ている光景は人間の温かさに満ちたものだった。

こうして、私たちのポイズンモスとの戦いは幕を閉じたのだった。

第十七話　これから

「エルドさん、少しお話があります」

ポイズンモスの被害から街を救って、数日が経過した昼下がり。

ここ数日間は、負傷した冒険者たちのご飯を作りに教会に通っていた。

ポイズンモスを倒しても、衰弱した冒険者の体力が回復するまでが私の中での戦いだったのだ。

毎日シスターさんたちと協力して、魔法の調味料を使った料理を振る舞ってた。

その結果、衰弱していた冒険者の体調を無事に回復させることに成功した。

そしてそろそろ自分たちの日常に戻ろうとしたタイミングで、私はエルドさんに話をしなければならなかった。

私はエルドさんと向かい合って座って、エルドさんを見上げた。

「どうした？　改まって」

エルドさんは初めはまったりとしていたが、私の顔を見て姿勢を正してた。

私の表情がいつもよりも硬いことに気が付いたのだろう。

「私、シニティーの街に行きたいです」

「……シニティーか」

この街から二つほど隣にある街、シニティー。

シニティーでエリーザ伯爵はポイズンモスの毒を浴びて、衰弱した状態になってしまったらしい。

エリーザ伯爵の体調は無事に回復へ向かっているし、この街の冒険者の体調も良好だ。

しかし、冒険者ギルド職員のロンさんから聞いた話によると、ポイズンモスの被害を受けたのはエリーザ伯爵とこの街の冒険者だけではないらしい。

どうやら、シニティーの冒険者も同様の被害を受けているらしかった。

そして、多分その冒険者の体調を回復させることができるのは、私ではないかと思う。

「シニティーの冒険者がまだ衰弱した状態なら、私の料理で回復してもらいたいんです。私にできることがまだあるなら力になりたい」

シニティーの冒険者はこの街とは関わりはないし、でしゃばりすぎだと言われるかもしれない。

それでも、ポイズンモスの毒を浴びて衰弱したエリーザ伯爵やこの街の冒険者を見た後に、シニティーの冒険者を放っておくのは無理だ。

私に助けることができるのなら助けたい。

エルドさんやシキのようにポイズンモスと直接戦うことができなかった分、私は被害を可能な限り最小限に抑えたい。

「なるほどな。アンがそこまで背負う必要はないと思うが、アン自身がそうしたいんだな？」

私が頷くと、エルドさんは顎に手を当てて考え込んだ。

私はきゅっと膝の上でこぶしを握って、エルドさんを見上げる。

「エルドさんがこの街の冒険者だってことは知っています。それでも、私とシキだけではどうしようもできないこともあって……」

今日、私がこの話をエルドさんにしたのは、一緒にシニティーに来てほしいとお願いするためだった。

これまでも私の我儘に付き合って、商人になって一緒に屋台をやってくれた。

エルドさんはS級冒険者で、やりたいこともあるはずなのに一切不満を言わずに私のしたいことをさせてくれた。

それだけでも、感謝してもし足りないのに、今度は他の街で慈善活動をしたいと言いだしたのだ。

自分の言っていることが、我儘すぎることは分かっている。

それでも子供の私とフェンリルのシキでは、できることが限られていて、どうしても大人の助けが必要になるのだ。

そしてそれ以上に、私はこの三人でもっと一緒にいたいと思ってた。

「なので、私たちと一緒にシニティーに来てくれませんか？」

「ん？　ああ、もちろん行くけど」

「え、あれ？」

断られるかもしれない。

そう考えながらのお願いだったため、即座に返ってきた言葉に、私は間の抜けた声を出していた。

さすがに即決すぎませんか、エルドさん。

「そ、そんな簡単に決めちゃっていいんですか？」

「いや、いいも何も、アンが行くなら考えるまでもないだろう」

エルドさんは当たり前みたいにそう言うと、私を見つめた。

「それと、背負わなくていいモノを背負うなら、せめて俺たちに分けてくれ」

エルドさんは少し離れたところにいるシキをちらっと見てから、私を見てにっと笑った。

「俺とシキで分ければ、多少は軽くなるだろう。S級冒険者とフェンリルだ、遠慮はいらないからな」

「……エルドさん」

優しいエルドさんの言葉にじんときて、私は微かに目が潤んだ。

私の我儘に付き合うだけでなく、同じ方向を向いて共に歩いてくれるというのだ。

ちょっと人がよすぎるよ、エルドさん。

すると丸くなっていたシキがすくっと立ち上がった。

「ふんっ。俺一人で背負ってもよかったが、そこまで言うなら一緒に背負わせてやってもよい」

「ああ、そこまで言うね。だから、一緒に背負わせてくれよ」

それから私たちは話し合って、明日にはこの街を出ることになった。

エルドさんは私たちと一緒に来ることをまったく嫌がらなかった。

それどころか、当たり前のように受け入れてくれた。

もしかしたら、エルドさんも私たちと一緒にいたいとどこかで思っているのかもしれない。

そう思うと、胸の奥の方がじんわりと温かくなった。

……なんだか、シキ以外の家族ができたみたいだ。

嬉しかった。でも、私はその気持ちをそっと胸の奥に隠した。

隠した理由は単純で、照れくさかったからだ。

いつかこの気持ちをまっすぐ伝えられたらいいな。

そんなことを一人思うのだった。

こうして、私たちはシニティーへ向かうことになった。

「アンさん、エルドさん。本当にお世話になりました！　このご恩は必ず返します！」

「そ、そんなに気にしないで大丈夫ですよ」

街を出てシニティーに行くために馬車乗り場に向かうと、そこには街の人たちが集まっていた。

どうやら私たちの見送りに来てくれたらしい。

その中でも目立っていたのは、神父のハーネスさんだ。

冒険者の炊き出しに参加してから、ハーネスさんは私たちに会うたびに深く頭を下げるようになってしまった。

どうやら、冒険者がなかなかご飯を食べない状況に本気で参っていたらしい。

ハーネスさんは最後に私の手をがっしりと掴んで、私をじっと見る。

「それと……いつまでも、またあの味が食べられることを願っていますので！」

「は、はい。ありがとうございます」

そして、ハーネスさんは私たちの屋台のファンの第一号だった。

ハーネスさんの切実な思いを聞いて、私はその熱に押されてしまった。

……なんか二つ隣の街に行くっていうだけなのに、大事《おおごと》になってない？

「じゃあ、そろそろ行くか」

「はい。皆さん、それでは行ってきます」

私が街の人たちとのお別れを済ませたのを確認してから、エルドさんは馬車に乗り込もうとした。

最後に私が街の人たちに手を振っていると、誰かがこちらに走ってきているのが見えた。

誰だろう？　私の知らない人だ。

私はエルドさんの服の裾をくいくいっと引っ張る。

「エルドさん、誰かこっちに走ってきてますけど、知り合いですか？」

「ん？　あっ、ルードか」

少し目を細めてその姿を確認したエルドさんは、馬車に乗り込もうとしていた足を止めた。

小走りでこちらに向かってきたルードという男性は、私たちの目の前に来た時にはかなり息が上がっていた。

「はっ、はっ……間に合ったみたいだな」

「間に合ったって、昨日話したし、別に見送りなんてしないで平気だったのに」

「平気なわけないだろうが。ほら、これ持ってけ」

ルードさんはそう言うと、手に持っていた長方形の木箱をエルドさんに手渡した。

何をもらったのかな？

そう思った私は、エルドさんが木箱を開けた隙間から、それを覗き見た。

すると、そこには綺麗な刃をした高価そうな包丁があった。

「これ……俺にくれるのか？」

「馬鹿、タダでやるわけないだろう。今までの、その、あれだ」

ルードさんは何かを言おうとしたが、隣にいた私を見て言葉を濁した。

なんだろう？　私がいたら言いにくいことなのかな？

考えてもよく分からなかったので、私は一足早く馬車に乗り込むことにした。

「そうか。それじゃあ、ありがたくもらっておくかな」

「ああ。胸を張っていけ。お前はもう半人前なんだからな」

「……そっか。半人前になれていたのか、俺」

後ろから聞こえたその声に振り向くと、二人はなぜかしみじみとした感じでそんな言葉を交わしていた。

聞き間違い？　今、『半人前』ってひどいこと言ってなかった？

私はエルドさんを馬鹿にするようなことを口にしたルードさんを少し睨んでから、大人しく馬車の中でエルドさんを待っていた。

それから少しして、エルドさんが馬車に乗り込んできた。

私は思わず口先を尖《とが》らせる。

「なんかルードさんって人、すごい失礼なことエルドさんに言ってませんでした？」

別れ際になんで喧嘩を売るようなことを言うんだろう。

そう思った私は、さっきのルードさんの言葉に頬を膨らませていた。

しかし、エルドさんはあんなことを言われた後とは思えないくらい、どこか嬉しそうに表情を緩めている。

「いいんだよ。あれが最高の褒め言葉なんだから」

「褒め言葉、ですか？」

どう考えても悪口にしか聞こえなかった言葉なのに、当人のエルドさんはどこかすっきりしているみたいだった。

思いもしなかった反応をされてしまった私は、それ以上、そのことについて聞く機会を逃してしまい、走りだした馬車の中で静かに体を揺らしていた。

……男の人って、たまによく分からない。

私は誰に言うでもなく、そんな言葉を心の中で呟いたのだった。

動物に好かれまくる体質の少年、ダンジョンを探索する
海夏世もみじ
Momiji Minase
配信中にレッドドラゴンを手懐けたら大バズりしました！
こう見えて、この子、
超モテます
（魔物に）
ネットで話題！
テイマー美少年×
ダンジョン配信ファンタジー！

hazure skill mochi no
tensai renkinjutsushi
外れスキル持ちの
天才錬金術師
神獣に気に入られたので
レア素材探しの旅に出かけます
著
蒼井美紗
Misa Aoi
仕事をクビになったので
超レアスキルで
幻の治療薬
作り出します！
追放錬金術師の
成り上がりファンタジー！

外れスキル持ちの
天才錬金術師
神獣に気に入られたので
レア素材探しの旅に出かけます
蒼井美紗
仕事をクビになったので
超レアスキルで
幻の治療薬
作り出します！
追放錬金術師の
成り上がりファンタジー！
アルファポリス

この作品に対する皆様のご意見・ご感想をお待ちしております。
おハガキ・お手紙は以下の宛先にお送りください。

【宛先】
〒150-6019 東京都渋谷区恵比寿 4-20-3 恵比寿ｶﾞｰﾃﾞﾝﾌﾟﾚｲｽﾀﾜｰ 19F
（株）アルファポリス　書籍感想係

メールフォームでのご意見・ご感想は右のＱＲコードから、
あるいは以下のワードで検索をかけてください。

アルファポリス　書籍の感想　検索

ご感想はこちらから

本書はWebサイト「アルファポリス」（https://www.alphapolis.co.jp/）に投稿されたものを、改稿、加筆のうえ、書籍化したものです。

フェンリルに育《そだ》てられた転生幼女《てんせいようじょ》は『創作魔法《そうさくまほう》』で異《い》世界《せかい》を満喫《まんきつ》したい！

荒井《あらい》　竜馬《りょうま》

2024年10月30日初版発行

編集－田中森意・芦田尚
編集長－太田鉄平
発行者－梶本雄介
発行所－株式会社アルファポリス
〒150-6019 東京都渋谷区恵比寿4-20-3 恵比寿ｶﾞｰﾃﾞﾝﾌﾟﾚｲｽﾀﾜｰ19F
TEL 03-6277-1601（営業）　03-6277-1602（編集）
URL https://www.alphapolis.co.jp/
発売元－株式会社星雲社（共同出版社・流通責任出版社）
〒112-0005東京都文京区水道1-3-30
TEL 03-3868-3275
装丁・本文イラスト－えすけー
装丁デザイン－AFTERGLOW
印刷－中央精版印刷株式会社

価格はカバーに表示されてあります。
落丁乱丁の場合はアルファポリスまでご連絡ください。
送料は小社負担でお取り替えします。

ISBN978-4-434-34684-2 C0093